Theodor Fischer

Heinrich, der Löwe von Mecklenburg

I. Seine Beziehungen zu Brandenburg - II. Seine Kämpfe gegen Wismar

und Rostock

Theodor Fischer

Heinrich, der Löwe von Mecklenburg
I. Seine Beziehungen zu Brandenburg - II. Seine Kämpfe gegen Wismar und Rostock

ISBN/EAN: 9783743658592

Hergestellt in Europa, USA, Kanada, Australien, Japan

Cover: Foto ©Raphael Reischuk / pixelio.de

Weitere Bücher finden Sie auf **www.hansebooks.com**

Heinrich der Löwe
von Mecklenburg.

I. Seine Beziehungen zu Brandenburg.

II. Seine Kämpfe gegen Wismar und Rostock.

Inaugural-Dissertation

der

hohen philosophischen Facultät der Universität
Rostock

zur Erlangung der philosophischen Doctorwürde

eingereicht

von

Theodor Fischer.

(aus Schwerin.)

Schwerin i. M., 1889.

Druck von M. Paetow's Buchdruckerei.

Seinem hochverehrten Lehrer

Herrn Professor Dr. Schirrmacher

in dankbarer Gesinnung

gewidmet.

Referent: Professor Dr. Schirrmacher.

Die Beziehungen Heinrichs des Löwen zu Brandenburg.

Im Jahre 1292 am Tage des heiligen Tiburtius ver=
mählte der Markgraf Albrecht von Brandenburg seine Tochter
Beatrix an den Sohn Johanns von Mecklenburg, jenen
Heinrich II., der später den Beinamen des Löwen erhielt.
Es ist dies ein bedeutsamer Tag für Mecklenburg, denn
durch diese Heirath kam das Land Stargard an Mecklenburg,
aber auch viel Krieg und Verwüstung hat sie unserem
Lande gebracht.

Unsere mecklenburgischen Urkunden berichten über diese
Heirath so gut wie nichts. Wir haben keine Urkunde über
etwaige die Mitgift der Braut betreffende Verhandlungen,
ja nicht einmal das Faktum der Heirath selbst finden wir
erhalten. Nur zwei Urkunden besitzen wir, die sich auf diese
Heirath beziehen. Die eine vom 23. Dezember 1291 ist aus=
gefertigt vom Papst Nicolaus IV. und bevollmächtigt den
Propst Konrad von Brandenburg, zur Vermählung Heinrichs
mit der Beatrix die Dispensation vom verbotenen Grade zu
ertheilen. Nach dem einleitenden Gruße des Papstes heißt es:

> Von Seiten unserer geliebten Söhne, der hoch=
> geborenen Herrn, des Markgrafen Albrecht von
> Brandenburg und Heinrichs von Mecklenburg, Herrn
> von Slavien, ist vor uns gebracht worden, daß
> ehemals zwischen ihnen, den Eltern, Blutsverwandten
> und Freunden, indem der Nebenbuhler des Friedens,
> der Feind des Menschengeschlechts die Ursache war,
> große Kriegswirren geschehen sind, bei deren Gelegen=
> heit außer großen Schaden an Gütern noch mehr
> Gefahren für Leib und Leben eingetreten sind und
> es wird mit Wahrscheinlichkeit vermuthet, daß noch)

größeres sich ereigne; in dem Wunsche, daß solche Gefahren vermieden werden, haben sie, da kein anderes Heilmittel in dieser Sache gefunden werden kann, sich gegenseitig verpflichtet, daß die in Christo geliebte Tochter Beatrix des Markgrafen an Heinrich vermählt werde. Aber weil Heinrich und Beatrix im 4. Grade verwandt sind rc., beauftragen wir Dich (Konrad von Brandenburg) nach Untersuchung der Umstände die Dispensation zu ertheilen.

Wir ersehen aus dieser Urkunde, daß die Heirath zwischen Brandenburg und Mecklenburg ein Akt der Politik war. Heinrich führte in Abwesenheit seines Vaters, der in Cairo in der Gefangenschaft saß, die Regierung. Er zeigte sich als ein unruhiger, kriegslustiger Herr, und überall, wo Aussicht vorhanden war, sein Land zu vergrößern, war er sogleich zum Kriege bereit. Der Markgraf erkannte sehr wohl, daß er an Heinrich einen gefährlichen Nachbar haben würde, wie es in der Urkunde heißt: ne graviora evenire contingant, veresimiliter dubitatur, und darum, cum aliud in hac parte nequeat adhiberi remedium, suchte er den jungen Heinrich durch eine Heirath an sich zu ketten.

Der obengenannte Propst Konrad zu Brandenburg ertheilte, da er alle Angaben in der päpstlichen Urkunde bestätigt gefunden, unter dem 22. März 1292 die gewünschte Dispensation zur Heirath Heinrichs mit Beatrix. Am Tage des heiligen Tiburtius, den 14. April 1292, fand das Beilager der Verlobten statt.*)

Wenn Albrecht von Brandenburg beabsichtigt hatte, durch diese Heirath den jungen Heinrich an sich zu fesseln, so hatte er sich nicht verrechnet. Noch in demselben Jahre 1292 schloß Heinrich mit seinem Schwiegervater, sowie mit Otto, Konrad, Johann und Otto von Brandenburg, dem Bischof Gottfried von Schwerin, dem Fürsten Witzlav von Rügen, den Grafen Helmhold und Nicolaus von Schwerin und Johann von Gadebusch einen zehnjährigen Waffen-

---

*) Boll in der Geschichte Stargards setzt die Dispensationsurkunde Konrads auf den 22. Mai an. Danach konnte die Hochzeit allerdings nicht schon am 14. April, also vor der Dispensation, vor sich gehen, und Boll konstruirt sich daher mit vieler Mühe den 11. August heraus. Jedoch nach dem Mecklenb. Urkundenbuch Nr. 2159 trägt die Urkunde das Datum XI. Kalendas Aprilis, was auf unsern Kalender übertragen gleich dem 22. März ist. Damit fällt Bolls Conjectur und wir können den 14. April festhalten.

stillstand. Die Markgrafen einerseits und die übrigen ge=
nannten Fürsten andererseits sollen je einen Richter ernennen
und diese Richter sollen in etwaigen Streitigkeiten entscheiden.
Die Fürsten verpflichten sich zugleich, den vertriebenen
Nicolaus von Werle wieder zu seinem Lande zu verhelfen.
Dieser Landfriede ist, soweit wir aus den Urkunden ersehen,
von Seiten Heinrichs und des Markgrafen nicht gebrochen
worden. Anders aber wurden die Verhältnisse, als Mark=
graf Albrecht im Jahre 1300 aus dem Leben schied.

An dieser Stelle müssen wir noch einmal auf die
Heirath Heinrichs mit Beatrix zurückkommen.

Einen urkundlichen Vertrag die Mitgift der Beatrix
betreffend haben wir, wie schon oben erwähnt, nicht. Auch
Kirchberg schweigt über diese Angelegenheit und berichtet
einfach das Faktum der Heirath. Aber Latomus in dem
Genealochronicon Megapolitanum (bei Westph. IV.
S. 254) erzählt: Zudem hat der Markgraf Albrecht seine
ältere Tochter, Fräulein Beatrix, an Heinrich von Mecklen=
burg gegeben und zu Mitgabe das Land Stargard ver=
sprochen und gegeben. Und weiter unten fährt er fort:
als nach Absterben des Markgrafen sein Tochtermann Heinrich
zur wirklichen Possession gekommen 2c.; und ebenso S. 265:
Dieweil im verwichenen Jahre Markgraf Albrecht mit Tode
abgegangen, hat sich sein Tochtermann Heinrich der wirklichen
Possession angemaßet und sich huldigen lassen. Nach Latomus
ist also Stargard erst nach Albrechts Tode in Heinrichs
Besitz gekommen. Dem widerspricht auch die Detmarsche
Chronik nicht, wo es zum Jahre 1302 heißt: De van
Mekelenburg hadde ere (Margarethens) suster, darmede
eme wart dat land to stargharden; und ebensowenig die
Nachricht, die wir in der Chronik der Brandenburgischen
Markgrafen C. XIV (Beiträge zur Brandenburgischen und
Preußischen Geschichte, Bd. I) finden: Albertus — genuit
insuper duas filias, quarum unam tradidit domino
Henrico Magnopolensi, cum qua terram Stargardensem
donavit —. Wenn wir aus diesen Nachrichten auch keine
unzweifelhafte Zeitbestimmung für die Tradition Stargards
an Heinrich gewinnen, so stehen sie doch in gutem Einklang
mit dem von uns unten weiter Ausgeführten.

Es ist nicht wahrscheinlich, daß Markgraf Albrecht
Stargard noch bei seinen Lebzeiten an Heinrich abgetreten
hat. Denn er hatte keine Veranlassung, ein so großes
Gebiet, das erst seit kurzer Zeit an Brandenburg gefallen

war, jetzt schon wieder zu veräußern, zumal seine beiden Söhne noch am Leben waren. Aber auch Urkunden beweisen, daß Albrecht noch im Jahre 1298 im Besitze von Stargard gewesen ist. Denn unter dem 24. Juni 1298 schenkt er dem Kloster Wanzka 100 Pfund jährlicher Hebungen aus einer Reihe stargardischer Dörfer. Die letzte Urkunde Albrechts, die das Land Stargard betrifft, ist vom 25. November 1299. Doch diese giebt zu Schwierigkeiten Anlaß. Albrecht gründet in derselben das Kloster Himmelpfort im Lande Lychen und bewidmet es mit mehreren Dörfern. Dann fährt er fort: item centum mansos in terra nostra Stargardensi, quos filio nostro charissimo domino Henrico Magnopolensi in villis videlicet Nemedin Werben Wlotow commisimus demonstrandos. Hos autem mansos dedimus prefatae ecclesiae etc. Daß Heinrich in Beziehung zu Stargard gestanden hat, geht aus der Urkunde klar hervor. Es fragt sich nur, wie man jenes »commisimus« aufzufassen hat. Boll meint, aus diesen Worten gehe hervor, daß Heinrich sich um diese Zeit im faktischen Besitz Stargards befunden habe. Allein einen faktischen Besitz vermag ich aus dieser Stelle nicht zu ersehen. Im Anfang der Urkunde sagt Albrecht: wir haben das Kloster gestiftet in terra nostra Lychen; Lychen aber blieb Eigenthum des Markgrafen. Denselben Ausdruck gebraucht er bei der Verleihung der 100 Hufen, wenn er sagt: centum mansos in terra nostra Stargardensi demonstrandos commisimus. Und er fährt fort: hos autem mansos dedimus. Dies in terra nostra und dedimus sind doch zu sehr im landes-herrlichen Ton gesprochen, als daß man meinen könnte, der Markgraf habe Stargard bereits definitiv abgetreten. Der Erbe Albrechts war der Markgraf Herrmann. Dieser erbte also auch das Land Lychen, in dem das Kloster Himmel-pfort lag. Unter dem 5. November 1300, also noch zu Lebzeiten Albrechts, verspricht Herrmann urkundlich dem Markgrafen, daß er, als der rechtmäßige Erbe, das Kloster Himmelpfort in allen seinen Gerechtsamen beschützen wolle. Eine gleiche Urkunde stellt Heinrich unter dem 11. November, also kurz vor dem Tode Albrechts, für das Kloster Wanzka aus, und unter demselben Datum eine zweite Urkunde, in der er demselben Kloster die 100 Pfund aus den stargardischen Dörfern bestätigt. In der letzteren heißt es: quoniam voluntatem domini nostri Albertis volumus adimplere, nos igitur ad peticionem ipsius ecclesiae Waneckae presens scriptum, ne a nobis vel a nostris successoribus, quod rite et racionabiliter factum est, in posterum infringatur.

Also Markgraf Herrmann verspricht Albrecht als Erbe und künftiger Besitzer des Landes Lychen, die Rechte des Klosters Himmelpfort zu respectiren. Wenige Tage später bestätigt Heinrich dem Markgrafen Albrecht die Privilegien des Klosters Wanzka im stargardischen Lande. Liegt es da nicht nahe, daß auch Heinrich in dieser Urkunde das Kloster Wanzka als künftiger Besitzer bestätigt? Und vielleicht weist auch der Ausdruck: in posterum darauf hin, wenn Heinrich sagt: ne a nobis vel a nostris successoribus in posterum infragatur.

Ich vermuthe also, daß folgendermaßen zu interpretiren ist:

Albrechts Söhne waren ihrem Vater im Tode vorangegangen und zwar wahrscheinlich im Jahre 1299. Die brandenburgischen Lande fielen also an Albrechts Brudersohn Herrmann. Da ist es erklärlich, daß der Markgraf den Wunsch hegte, einen Theil seiner Lande seiner Tochter Beatrix zukommen zu lassen, zumal er sich in Rücksicht auf den streitbaren Charakter Heinrichs sagen konnte, daß dieser Ansprüche erheben würde. Aus Rücksichten für seine Familie und für die friedliche Ausgleichung vermachte er das Land Stargard an seinen Schwiegersohn Heinrich. Dieser hat sich also erst nach dem Tode Albrechts in den Besitz von Stargard gesetzt.

Das Kloster Himmelpfort ist zu Lebzeiten Albrechts nicht mehr gegründet worden. Daher sagt der Markgraf in der betreffenden Urkunde: centum mansos in nostra terra Stargardensi commisimus demonstrandos, d. h.: Wir haben Heinrich anvertraut, die Hufen zu überweisen, nämlich, wenn das Kloster gebaut wird, was bei unseren Lebzeiten wohl nicht mehr geschehen wird. So besteht der Ausdruck in terra nostra zu Recht und das demonstrandos commisimus ist als eine Art testamentarischer Verfügung an seinen Nachfolger aufzufassen.

Wie wir aus dem Vorhergehenden gesehen haben, ist es nicht möglich, aus dem zu Gebote stehenden Urkundenmaterial positive Thatsachen über die Erwerbung Stargards aufzustellen. Wir müssen mit der Wahrscheinlichkeit rechnen und aus wenigen dürftigen Urkunden den Zusammenhang herauskonstruiren. Nicht besser gestellt sind wir in Bezug auf die nächsten Jahre bis zum Vietmannsdorfer Vertrag

1304 und auch dieser bietet uns manche unlösbare Schwierigkeiten.

Nach dem Tode des Markgrafen Albrecht am Ende des Jahres 1300 sehen wir Heinrich nicht nur im Besitze Stargards, das ihm sein Schwiegervater als Erbe vermacht, sondern auch der Lande Lychen und Wesenberg. Denn unter dem 15. August 1302 verleiht Heinrich der Stadt Wesenberg die Feldmark Pomel. Daß aber Heinrich das Land Lychen besessen habe, beweist eine von ihm am 30. Januar 1302 ausgestellte Urkunde. In dieser schenkt er der Johanniter-comthurei Nemerow das Patronatrecht über die Pfarrkirche in Lychen zum Seelenheil seiner Eltern, des Markgrafen Albrecht, seiner selbst und seiner Gemahlin Beatrix.

Das Land Stargard besaß Heinrich durch Erbschaft zu Recht, wie aber kam er zu Wesenberg und Lychen? Diese behielt Albrecht bis an seinen Tod in seinen Besitz, wie es die Stiftung des Klosters Himmelpfort und die Bestätigung der Wesenberger Privilegien am 24. August 1300 beweist. Er vermachte sie aber an seinen Erben Herrmann. Denn dieser mußte ihm noch kurz vor seinem Ende die Privilegien des Klosters Himmelpfort bestätigen. Heinrich hatte demnach keinerlei Ansprüche an diese Gebiete und doch finden wir ihn im Besitz derselben.

Voll ist nun der Meinung, daß Markgraf Herrmann gleich nach dem Tode seines Oheims Lychen und Wesenberg an Heinrich abgetreten habe. Jedoch dieser Vermuthung, die durch keine Urkunde bestätigt wird, vermag ich nicht beizustimmen aus folgenden Gründen.

Im Vietmannsdorfer Vertrag 1304 tritt der Markgraf förmlich und definitiv das Land Stargard an Heinrich für eine Geldsumme ab. Daraus sehen wir, daß der Markgraf sogar auf Stargard Ansprüche erhob, das doch Heinrich von Rechtswegen zukam. Wie sollte also Herrmann dazu kommen, Lychen freiwillig abzutreten, an das Heinrich kein Anrecht hatte. Doch noch mehr. Im Vietmannsdorfer Vertrag tritt Herrmann zugleich auch Lychen ab. Denn es heißt: „Wir begeben uns aller Ansprüche, die wir an das Land Stargard hatten, ausgenommen die Münze in Lychen", so daß also Lychen hier als mit zu Stargard gehörend angesehen wird. Von Wesenberg ist nicht weiter die Rede, doch wird auch dieses wohl mit eingeschlossen sein. Danach muß also der Markgraf auch diese Landschaften bisher als sein Eigenthum betrachtet haben. Er behält sich außerdem die Münze in Lychen vor, ein sehr bedeutsames Vorrecht.

Es ist eine Urkunde des Markgrafen Herrmann aus dem Jahre 1302 erhalten, die mir obige Ansicht zu bestätigen scheint. Heinrich von Mecklenburg hatte das Patronatrecht über die Pfarrkirche in Lychen an die Johanniter verliehen. Der Commendator derselben gab sich aber hiermit nicht zufrieden, sondern er ließ sich diese Schenkung noch ausdrücklich vom Markgrafen bestätigen. Diese Bestätigung Hermanns erfolgt unter dem 24. März 1302. Mehrere Ausdrücke in dieser Urkunde scheinen mir nicht ohne Absicht gesetzt zu sein. Um wenigstens die Oberlehnsherrlichkeit zu retten, erkennt der Markgraf zwar an, daß Heinrich das Land Lychen von ihm zu Lehen habe, aber er fährt bedeutungsvoll fort: frater Ulricus Suaf (der Commendator) volens sibi et suo ordini predicto sinistra velud sapiens dubia precavere, donacionem ipsam a nobis peciit confirmari. Er giebt sodann die Bestätigung mit der Einschaltung: si facta est debita, und fährt fort: si dicta civitas Lychen ad nos processu temporis devoluta fuerit, donacionem tenebimus. Diese drei Redewendungen in der Urkunde können unter Umständen ganz unverfänglicher Natur sein, wenn wir aber die Stellung der beiden Fürsten ins Auge fassen, sind wir wohl berechtigt, ihnen eine bestimmte Absicht beizulegen.

Wenn der Markgraf sagt, die Johanniter hätten seine Bestätigung nachgesucht, um allem Zweifel vorzubeugen (dubia precavere), so geht daraus hervor, daß die Bestätigung Heinrichs in seinen Augen keine rechtsgültige war, und jene Worte: wenn das Land Lychen im Laufe der Zeit an uns zurückgefallen sein wird, enthalten eine Clausel, die deutlich genug die Hoffnung des Markgrafen ausspricht, daß er sich über kurz oder lang wieder in den Besitz des Landes setzen werde.

Aus allen diesen Gründen müssen wir also annehmen, daß sich Heinrich mit Gewalt der Lande Lychen und Wesenberg bemächtigt hat. Doch wird dies erst nach der Mitte des Jahres 1301 geschehen sein, denn im Sommer dieses Jahres führte Heinrich im Bunde mit dem Markgrafen und Nicolaus von Werle den Krieg gegen Dänemark, der am 22. Juli 1301 mit dem Schwaner Frieden endigte. Wir sahen außerdem, daß die betreffenden Urkunden über Lychen und Wesenberg erst aus dem Jahre 1302 stammen, und ebenfalls erst in diesem Jahre wurden die zahlreichen Bündnisse geschlossen, die auf einen Krieg zwischen Brandenburg und Mecklenburg hinzuweisen scheinen.

Warum aber versuchte der Markgraf nicht, mit Waffengewalt seinen Gegner zur Herausgabe des occupirten Landes zu zwingen? Diese Frage findet ihre Beantwortung in den äußeren Verhältnissen. Wohl hätte der Markgraf gern zu den Waffen gegriffen, aber die Machtstellung Heinrichs verbot ihm ein solches Unternehmen.

Heinrich suchte zunächst in seinem Lande an Einzelnen und an zusammenhängenden Genossenschaften eine Stütze. Dies beabsichtigte er, wenn er den Johannitern das obenerwähnte Patronat über die Pfarrkirche zu Lychen und im selben Jahr ein Gebiet am Tollense-See schenkte. Demselben Orden schenkte er ferner am 23. Juni 1303 das Eigenthum von 8 Hufen zu Staven mit Bede, Gericht und Dienst. Eine bedeutendere Hülfe aber gewann er durch Bündnisse mit anderen Fürsten. Am 27. Januar 1302 hatte er bereits mit Nicolaus von Werle eine Erbverbrüderung geschlossen, der zufolge Nicolaus gegebenen Falls ihm succediren sollte. Sein mächtigster Verbündete war der König von Dänemark.

Trotzdem hätte Markgraf Herrmann zu den Waffen greifen können, wenn er der Hülfe der übrigen brandenburgischen Markgrafen sicher gewesen wäre. Doch dies war durchaus nicht der Fall, die Markgrafen standen vielmehr in gutem Einverständniß mit Heinrich. Zwar waren Otto und Konrad von Brandenburg mit Nicolaus von Werle in Streit gerathen, aber schon unter dem 7. September 1301 unterwarfen sie sich dem Schiedsspruche des Königs Erich von Dänemark. Dieses Schiedsgericht wurde am 24. December 1302 dahin erweitert, daß Otto und Konrad in ihren Streitigkeiten mit Nicolaus von Werle auf Erich von Dänemark und Heinrich v. Mecklenburg compromittirten. Diese sollen einen gütlichen Vergleich vermitteln und alle etwaigen Irrungen zwischen diesem Tage und Pfingsten beilegen. Kurze Zeit vor Erneuerung dieses Schiedsgerichts, am 26. August 1302, hatte Heinrich außer mit Erich von Dänemark auch noch mit einer Reihe anderer Fürsten ein Bündniß geschlossen. Es traten in diesen Bund: Woldemar, Herzog von Süd-Jütland, Erich von Langeland, Witzlav von Rügen, Gerhard von Holstein, dessen Brudersöhne Adolf und Johann, der schon früher mit Heinrich verbündete Nicolaus von Werle, und die Markgrafen Otto und Konrad von Brandenburg. Das

Bündniß war zunächst nur zur Unterwerfung Rostocks unter die Dänische Herrschaft geschlossen, aber andererseits auch zur gütlichen Beilegung etwaiger Streitigkeiten und zum Beistande gegen fremde Beeinträchtigungen.

Dieser Bund wurde am 14. December 1303 dahin erweitert, daß eine Vereinigung zu Stande kam zwischen Johann von Sachsen-Lauenburg und Gunzelin von Schwerin einerseits und Heinrich von Mecklenburg andererseits.

Dies war eine festgeschlossene Macht, mit der Heinrich seinem Gegner, dem Markgrafen Herrmann, trotzen konnte.

Ob es zum Kampfe zwischen den beiden Parteien gekommen, können wir nicht mit Sicherheit entscheiden. Doch hat es den Anschein, als ob beide Gegner sich kampfbereit gemacht haben.

Die Fürsten der damaligen Zeit waren gar schnell mit einem Kriege bereit, aber es fehlte ihnen gewöhnlich das nöthige Geld. Daher lesen wir denn in den Urkunden, daß die Fürsten fast vor dem Ausbruch jeder Feindseligkeit, um Geld zu erlangen, Gerechtsame und Privilegien für eine gewisse Summe an Städte, Klöster oder auch einzelne Unterthanen verkaufen. Aus diesem Verkauf der Privilegien kann fast immer mit Sicherheit auf den nahen Beginn eines Krieges geschlossen werden.

Solche Verkaufsurkunden finden wir auch zu dieser Zeit. Denn unter dem 11. März 1303 verkauft Heinrich dem Domkapitel zu Ratzeburg den Dienst an Burg und Brückenwerk und die Gerichtsbarkeit in dem Dorfe Klein-Pravtshagen, und unter dem 15. Juni verkauft er an Willekin Hauenzagel die Bede von zusammen 115 Hufen in verschiedenen Dörfern. In einer am 24. Juni 1303 ausgestellten Urkunde überläßt er für eine Geldsumme das Dorf Warkstorf dem Kloster Cismar und unter dem 1. Juli verpfändet er dem Grafen Gerhard von Holstein Hufen in mehreren Dörfern für 200 Mark stendalsch.

Danach scheint also der Krieg in naher Aussicht gestanden zu haben.

Wenn es in der That zum Kampfe zwischen Heinrich und dem Markgrafen Herrmann gekommen ist, so kann derselbe nur kurze Zeit gedauert haben. Denn schon am 15. Januar 1304 schlossen die streitenden Parteien den Vietmannsdorfer Vertrag. Dieser Vertrag hat im Wesentlichen folgende Bestimmungen. Nach einer kurzen Einleitung heißt es:

Wir vorgenannter Markgraf Herrmann haben von der Ansprache gelassen, die wir an dem Lande Stargard hatten, und haben Heinrich dasselbe zu Lehen gegeben und seinem Weibe zu einem rechten Leibgedinge, ausgenommen das Münzrecht in dem Lande Lychen. Hierfür giebt er uns 5000 Mark brandenburgisch Silber und brandenburgisch Gewicht. Von diesem Silber war er dem verstorbenen Markgrafen Albrecht 3000 Mark schuldig, dazu giebt er uns 2000 Mark. Mögen wir ihm beweisen, daß er unserem Vetter mehr als 3000 Mark schuldig geblieben ist, so soll er auch dies bezahlen, können wir ihm dies nicht beweisen, so soll er auf dem Heiligen schwören, daß er das Geld bereits an Albrecht bezahlt hat. Das sollen mit ihm schwören drei andere (genannte) Ritter.

Es folgen sodann Bestimmungen über den Austrag etwaiger Streitigkeiten, über die Zahlungstermine des Silbers und zum Schlusse die Namen einer Reihe von Zeugen aus dem Ritterstande nebst dem Rath der Städte Neubrandenburg Friedland, Stargard, Waldeck und Lychen.

Von dem Vietmannsdorfer Vertrag ist eine zweite Ausfertigung aufbewahrt, die in manchen Punkten von der ersten abweicht. Jedoch in den Hauptvertragspunkten stimmen beide überein. Der Markgraf Herrmann überläßt auch hier das Land Stargard an Heinrich für 5000 Mark mit derselben Clausel hinsichtlich der Schuld Heinrichs an den verstorbenen Markgrafen Albrecht und er behält sich ebenfalls das Münzrecht in dem Lande Lychen vor.

Wir sehen aus diesem Vertrage, daß Markgraf Herrmann nach dem Tode Albrechts das Land Stargard keineswegs friedlich abgetreten hat, und noch viel weniger den Besitz von Lychen. Erst durch diesen Vertrag erkannte er Heinrich als den rechtmäßigen Herrn von Stargard an. Wie schmerzlich aber Brandenburg den Verlust dieser Lande empfand, geht daraus hervor, daß es nach wenig Jahren, beim Tode der Beatrix, seine Ansprüche erneuerte.

Der Vietmannsdorfer Vertrag enthält aber einen dunklen Punkt, den wir nicht enträthseln können. Wie verhält es sich nämlich mit den 3000 Mark, die Heinrich dem Markgrafen Albrecht schuldig geblieben sein soll? Voß nimmt an, daß Heinrich für diese Summe das Land Stargard von

Albrecht gekauft habe, um ein sicheres Anrecht auf dasselbe zu haben.

Diese Annahme, die durch nichts gestützt werden kann, scheint mir nicht stichhaltig. Im Gegentheil, es lassen sich manche Gründe gegen dieselbe vorbringen. Heinrich gewann ein weit sicheres Anrecht an Stargard, wenn er es durch Erbschaft bekam, als wenn er es kaufte: Denn er mußte sich von vorn herein sagen, daß Herrmann diesen Scheinkauf und noch dazu für eine solche Summe niemals anerkennen würde. Und sollte bei einem so wichtigen Akte nicht irgend ein Verkaufsinstrument aufgesetzt sein? Es heißt aber in dem Vertrage: sollten wir es dem Heinrich von Mecklenburg beweisen, daß er dem Markgrafen Albrecht mehr schuldig ist als 3000 Mark, so soll er auch das bezahlen. Es ist doch außerordentlich merkwürdig, daß der Erbe Albrechts ganz im Unklaren ist über die Höhe der Kaufsumme. Auch wenn Heinrich die Summe ratenweise bezahlte, hätten doch die einzelnen Summen fixirt werden müssen. Außerdem meine ich, wenn diese 3000 Mark die Kaufsumme für Stargard waren, wäre doch wohl in irgend einer Weise in der Urkunde darauf hingewiesen worden. Es heißt in derselben aber nur: dafür, daß wir an Heinrich das vorbenannte Land gelassen haben, giebt er uns 5000 Mark, von diesem Silber war er dem verstorbenen Markgrafen Albrecht 3000 Mark schuldig, dazu giebt er uns 2000 Mark. Von einer Kaufsumme ist also nirgends die Rede. Da uns jeder Anhalt für eine nähere Bestimmung fehlt, müssen wir uns mit dem Faktum begnügen, daß Heinrich dem Markgrafen Albrecht 3000 Mark schuldig war. Das wofür zu beantworten sind wir nicht im Stande.

Heinrich scheint sich im Besitz des Landes Stargard keineswegs sehr sicher gefühlt zu haben. Das schließe ich aus einer Urkunde, die er am 24. September 1304 der Stadt Friedland ausstellte. Er sichert der Stadt hierin nicht nur alle Gerechtsame und Privilegien zu, die sie unter brandenburgischer Herrschaft besessen, sondern er gestattet auch, die Stadt mit Mauern, Thoren, Thürmen, Gräben ꝛc. zu befestigen und zwar ohne ihn oder seine Erben oder Beamten im geringsten darum zu befragen. Er befreit auch die Bürger von jedem fremden Gerichtszwang und bestimmt, daß er selbst oder seine Nachfolger oder Vasallen, wenn sie Klage gegen die Stadt oder einen Bürger führen wollen, dies vor dem Gericht in Friedland selbst thun müssen. Aber hiermit nicht genug. Er erlaubt der Stadt, falls er ihre Gerechtsame antasten sollte, sich dem Markgrafen von Brandenburg, oder wenn dieser sich weigert, einen anderen Fürsten als Schutzherren zu wählen. Dasselbe Recht spricht er allen Städten und Vasallen des Landes Stargard zu. Das sind in der That Privilegien, wie sie wohl selten ein Landesherr seinen Unterthanen gewähren wird. Sie zeigen uns, wie unsicher sich Heinrich in seinem Besitz fühlte. Wenn er aber als etwaigen Schutzherren den Markgrafen vorschlägt, so bezeugt uns das andererseits, daß seine Beziehungen zu Brandenburg augenblicklich wenigstens sehr gute waren. Zu einem Conflikte zwischen Mecklenburg und Brandenburg ist es auch in den nächsten Jahren nicht gekommen, wenngleich zuweilen kleine Mißverständnisse nicht ausblieben. Vielleicht ist dies der Gemahlin Heinrichs, Beatrix, zuzuschreiben, doch wissen wir über ihre etwaige Vermittelung nichts.

In den nächsten Jahren 1304—14 war Heinrich fast ausschließlich mit fremden Kriegen beschäftigt.

In der Mitte des Jahres 1304 zog er mit dem Markgrafen nach Böhmen, um den König Wenzislaw gegen Albrecht von Oestreich zu unterstützen. Auf dieser „Reise“ erwarb er sich, wie man gewöhnlich annimmt, den Beinamen des Löwen durch seinen standhaften Muth,*) zugleich aber auch, was noch viel wichtiger war, das Kaufgeld für das Land Stargard. Denn Kirchberg erzählt (bei Westph. S. 786):

---

*) Man nimmt gewöhnlich an, daß Heinrich sich auf diesem Feldzuge den Beinamen „des Löwen“ erwarb, was aber einige bestreiten. Wenn jedoch Schröter (Rost. Chronik) meint, Heinrich müsse diesen Beinamen deswegen schon früher erhalten haben, weil er bereits bei seiner Verheirathung mit der Beatrix von Kirchberg „der Löwe“ genannt werde, so ist dieser Grund nicht stichhaltig. Da der Beiname „der Löwe“ mit Heinrich eng verknüpft war und blieb, so konnte ihn Kirchberg ganz wohl so nennen, auch bevor er diesen Namen wirklich führte. Sagen doch auch wir z. B. Heinrich der Löwe ist geboren dann und dann, obwohl er sicher diesen Namen bei der Geburt nicht führte. Uebrigens scheint mir der ganze Streit müssig. Ein solcher Beiname steht meist mit einer einzelnen Handlung gar nicht in Verbindung, sondern bildet sich erst nach und nach im Munde der Menschen. Heinrich führt außerdem noch in der Rost. Chronik den Beinamen „mit dem Platen“ d. h. der Geharnischte (Krause: Gymnas.-Progr. Rost. 1873), doch kommt dieser Name sonst nicht vor.

»Der so heym kam wirdiglich
von Mecklenburg Her Hinrich
ging einen Kauf an allzuhand
mit dem Markgrafen vorgenant,
den mechtigen und den harten,
um daz Lant Stargarten
mit dem Beheymischen Gelde,
daz her irwarb zu Velde.«

Und Lambertus Schlaggert berichtet in seinem Chronicon Coenobii Ribbenicensis bei Westph. S. 849: Eodem tempore Henricus Leo Magnopolensis de muneribus sibi datis pro salario a rege Bohemorum — emit a marchionibus Brandenburgensibus videlicet Domino Alberto et domine Ottone terram Stargardiae.

Die historischen Unrichtigkeiten will ich hier nicht näher berühren. Genug, beide berichten das Faktum, daß Heinrich sich in Böhmen die Kaufsumme erworben und an die Markgrafen bezahlt habe.

Doch, wie schon oben erwähnt, blieben auch leichte Irrungen mit Brandenburg nicht aus. Heinrich forderte nämlich vor der böhmischen Reise von den Markgrafen, daß sie sich in gerechter Weise mit den Bischöfen von Brandenburg und Havelberg auseinandersetzten. Die Brandenburger waren anfangs sehr ungehalten über diese Eingriffe Heinrichs in ihre Rechte, indessen auf wiederholtes Andringen gaben sie nach und vertrugen sich mit den Bischöfen. Auch ein anderer Punkt, der Heinrich zwar nicht persönlich anging, aber doch zu Differenzen hätte führen können, ward gütlich beigelegt Der Graf von Holstein nämlich war in Streit gerathen mit Lübeck und hatte sich verbündet mit Heinrich von Mecklenburg und Nicolaus von Werle. Nun aber geriethen die Markgrafen mit Heinrichs Verbündeten, eben diesem Nicolaus, in Kampf, wodurch auch Heinrich selbst leicht in einen Streit verwickelt werden konnte. Doch vertrugen sich die Markgrafen am 6. September 1307 wieder mit Nicolaus.

Außer mit Lübeck führte Heinrich in den Jahren 1304 bis 1314 Krieg gegen Schweden als Verbündeter Erichs von Dänemark. Vor allen Dingen fällt aber in diese Zeit der große Kampf Heinrichs mit den Städten Wismar und Rostock, der mit der Unterwerfung der Städte endigte. In diesem Städtekriege, den er ebenfalls im Bunde resp. für König Erich führte, wurde Heinrich unterstützt von dem Markgrafen Waldemar von Brandenburg. Dieser Waldemar war der Herr aller brandenburgischen Besitzungen, außer Landsberg, das sein Oheim noch besaß, denn er war der Erbe Otto's mit dem Pfeil und führte seit dem Tode Herrmanns im Jahre 1308 die Vormundschaft für dessen unmündigen Sohn.

Jedoch es ist hier nicht unsere Aufgabe, diese Kriege Heinrichs näher zu verfolgen. Wir müssen diesen Zeitraum überspringen und da wieder einsetzen, wo Brandenburg und Mecklenburg sich von Neuem gegenübertreten. Das geschah im Jahre 1314.

Fürst Witzlav von Rügen nämlich war mit seiner Stadt Stralsund in Streit gerathen. Dieser Streit mit Stralsund hat dieselben Ursachen wie der mit Rostock und Wismar. Es ist der Widerstand der Städte gegen die Landeshoheit. Denn die Seestädte, namentlich Lübeck, Rostock, Wismar, Stralsund und Greifswald, hielten eng zusammen und bildeten eine ansehnliche Macht. Wir haben eine Urkunde vom 20. December 1308, aus der wir ersehen, daß die Städte Rostock, Wismar, Stralsund und Greifswald ein Schutzbündniß geschlossen haben, und eine andere Urkunde vom 14. August 1310, in welcher der Rath von Rostock bezeugt, daß die Städte Lübeck, Wismar, Rostock, Stralsund und Greifswald sich verbündet haben. Diese Opposition der mächtigen Seestädte hatten soeben König Erich und Heinrich in ihrem Lande gebrochen, sollten sie daher nicht geneigt sein, dem Fürsten von Rügen in dem gleichen Kampfe Beistand zu leisten? Und zudem hatten sie auch persönlich Ursache, gegen Stralsund vorzugehen. Denn ihrem Bündniß gemäß hatte die Stadt die Rostocker und Wismarschen im Kampfe gegen Erich von Dänemark und Heinrich unterstützt. Wir ersehen dies aus einer Urkunde vom 30. November 1312, in der ein Priester, Namens Johann Strange, den Städten Rostock, Stralsund, Greifswald und Wismar Urfehde schwört für seine im Dänischen Kriege erlittene Gefangenschaft. Ein fernerer Beweis ist, daß König Erich am 12. März 1313 der Stadt einen Gnadenbrief ertheilte und daß am 27. März der Markgraf Waldemar über 2000 M. quittirte, die er von Witzlav ex parte civium suorum empfangen. Am selben 27. März bestätigte Witzlav die Privilegien der Stadt von neuem. Vom 8. April 1313 ist ferner eine Urkunde erhalten, in der Witzlav bezeugt, daß er von den 1000 M. brandenburg., welche die Stadt dem König Erich noch schuldig ist, 2000 M. wendische Pf. empfangen hat, und

verspricht, darauf die Quittung des Fürsten Heinrich zu erwirken.

Damals waren die Sundischen mit einer Geldbuße
davongekommen, jetzt in dem Streite mit ihrem Landesherren drohte ihnen die Rache Erichs und Heinrichs. In
ihrer Noth wandten sie sich an Brandenburg und Markgraf
Waldemar ließ sich bereit finden, den Schutz der Stadt zu
übernehmen. Über diesen Schritt des Markgrafen können
wir uns nicht wundern. Er übernahm den Schutz Stralsunds nicht sowohl, weil er den Sundischen gewogen war
— hatte er selbst sie doch erst vor kurzem um eine große
Summe gebrandschatzt, — sondern weil Heinrich v. Mecklenburg auf der anderen Seite stand.

Wenn Markgraf Herrmann im Vietmannsdorfer Vertrage Stargard abtrat, wenn er sich dann sogar mit Heinrich
verbündete, so war dies durch die politische Lage oder persön-
lichen Vortheil geboten, verschmerzt hat er den Verlust des
Landes Stargard sicherlich niemals. Markgraf Waldemar
war nun zwar nicht eigentlich der Erbe Herrmanns, aber
indem er die Vormundschaft des unmündigen Johanns, Herrmanns Sohn, übernahm, hatte er die Pflicht, für dessen
Interessen einzutreten. Diese Pflicht aber ward ihm sehr
leicht, verfolgte er doch damit seine eigenen Interessen. Denn
bei der Schwäche Johanns blieb er auch nach der Mündig-
keitserklärung dessen Leiter, ja er konnte sich in Anbetracht
der sehr schwankenden Gesundheit Johanns (derselbe starb
schon im 15. Lebensjahr 1317) als dessen baldigen Nachfolger und Erben ansehen. Schon hierdurch mußte er in
Heinrich von Mecklenburg den Gegner sehen, der ihm einen
Theil seines Landes entrissen. Wir finden den Markgrafen
nun zwar mit Erich von Dänemark und Heinrich verbündet,
indessen hierzu reizte ihn einerseits der Ehrgeiz, von König
Erich zum Ritter geschlagen zu werden, andrerseits die Aussicht, von der reichen Stadt Rostock Geld zu erpressen, an
dem er fortwährend in Folge seiner Verschwendung Mangel
litt. Zu einer wahren Freundschaft konnte es zwischen Heinrich und Waldemar nie kommen. Denn beide waren Con-
currenten auf dem Boden der Politik, beide strebten danach,
sich eine dominirende Stellung in Deutschland zu erringen.
Der Kampf zwischen beiden konnte wohl durch Rücksichten
der Politik eine Zeit lang hingehalten werden, aber aus-
gefochten mußte er einmal werden, und jetzt war hierzu die
Zeit gekommen.

Wir werden bald sehen, was der Kern der Sache war, was Waldemar wollte, wenn er auf die Seite Stralsunds trat.

Indessen die große Machtstellung Waldemars hatte die Eifersucht vieler erregt. Ähnlich wie im Jahre 1304 schloß sich ein gewaltiger Fürstenbund gegen Brandenburg zusammen.

Wir wollen, bevor wir zum Kriege selbst übergehen, an dieser Stelle eine Aufzählung derjenigen Fürsten geben, die gleich im Anfang oder im Verlaufe des Krieges sich mit Mecklenburg und Dänemark verbündeten.

Am 9. Januar 1314 schlossen zu Grevismühlen einen Bund: Witzlar v. Rügen, Erich v. Sachsen, Nicolaus v. Schwerin, Heinrich v. Mecklenburg, Nicolaus und Johann v. Werle, welche später zum Markgrafen übertraten, Gerhard und Henneke v. Holstein, Heinrich v. Schwerin. Dies Bündniß stand unter dem Schutze des Königs von Dänemark.

Am 25. April huldigte Nicolaus v. Schwerin dem König Erich, dessen Vasall er geworden ist.

Am 23. Mai 1315 verpflichtet sich Otto v. Anhalt dem König Erich, dem Fürsten Witzlav, Heinrich und Johann und Nicolaus v. Werle, mit 100 Mann jenseits der Elbe zu dienen.

Am 27. Juni 1315 verbindet sich Woldislav v. Polen mit den Königen von Dänemark, Schweden und Norwegen, den Fürsten von Rügen, Wenden und Mecklenburg namentlich gegen Brandenburg.

Am 6. Juli verlobt Rudolf v. Sachsen seine Schwester Anna mit Heinrich.

Am 29. Februar 1316 tritt der Erzbischof Bernhard v. Magdeburg dem Bündniß bei. Auch der Bischof Herrmann v. Schwerin stand auf Seiten Erichs und Heinrichs, denn eine Urkunde vom 23. März 1316 besagt, daß Erich, Witzlav, Erich v. Sachsen, Bischof Herrmann, Heinrich u. s. w. sich mit Nicolaus, Johann und Henneke v. Werle versöhnten und letztere wieder in ihren Bund gegen Brandenburg aufnahmen. Und aus eben dem Jahre 1316 haben wir die Abschrift einer Urkunde, in der Erich und Heinrich dem Bischof Schadenersatz für seine im Kriege erlittene Verluste versprechen.

Wenn wir nun bedenken, daß Waldemar v. Brandenburg nur von wenigen Fürsten wie von Otto v. Stettin, Wartislav und zeitweilig den Fürsten v. Werle unterstützt wurde, so sieht obiges Bündniß sehr gefährlich aus. Aber Brandenburg repräsentirte damals die bedeutendste Macht in Norddeutschland, sodaß Waldemar gleich im Anfang des Krieges 7000 Mann ins Feld stellen konnte und dann müssen wir in Betracht ziehen, daß sich jenes Bündniß auf dem Papier sehr gewaltig ausnahm, daß aber in Wirklichkeit Erich und Heinrich die Hauptlast des Krieges allein zu tragen hatten.

Jedoch noch ehe die Fürsten sich tiefer in die Fehde einließen, sagt Boll, kam es am 11. Juni (also 1314) zu Broderstorf zum Vertrage. Diese Angabe Bolls ist aber durchaus unrichtig. Der Vertrag zu Broderstorf ward nicht am 11. Juni 1314 geschlossen, sondern ein ganzes Jahr später, nämlich am 10. Juni 1315. Denn die Urkunde trägt am Schlusse folgendes Datum: Disse brief is gegeven tu Brudersdorpp, na godes gebort dusend jar drihundert jar in dem veſteinden jare, des dingesdages vor sente Vites dage. Allerdings zum Kampf scheint es damals noch nicht gekommen zu sein. Denn der Markgraf war geneigt, einen vorläufigen Frieden zu schließen, da er sich zur Königs= wahl nach Frankfurt begeben wollte. Daher schloß er am 11. August 1314 zu Templin mit Heinrich einen Vertrag. Der Markgraf verpflichtet sich, Heinrich mit aller Macht Hilfe zu leisten gegen Jedermann, ausgenommen gegen Erich v. Dänemark. Er verleiht ferner an Heinrich 200 harte Stücken Geldes zu einem rechten Lehen in seinem Lande, wo es Heinrich am gelegensten ist. Hierfür soll dieser „sein Mann sein und zu seinem Dienste sitzen."

Die correspondirende Urkunde des Fürsten Heinrichs ist nicht mehr vorhanden. Einige sind der Meinung, daß obige Urkunde des Markgrafen eine neue Belehnung Heinrichs mit Stargard enthalte. Ich vermag jedoch nicht den ge= ringsten Anhalt für diese Behauptung zu entdecken. Und sollte man überdies wohl dem Markgrafen, der schon längst daran dachte, Stargard wieder an Brandenburg zu bringen, eine solche Unvorsichtigkeit oder Perfidie zutrauen?

Den Vertrag zu Templin hatte Waldemar geschlossen, weil er sich zur Königswahl nach Frankfurt begeben wollte.*)

---

*) Crantz berichtet, daß Waldemar bei der Königswahl in Frankfurt nicht anwesend gewesen sei und erzählt hierüber folgendes: Der Markgraf habe einen Gesandten nach Frankfurt geschickt mit einem Dokument, in dem der Raum für den Namen des zu wählenden Königs freigelassen war, damit der Gesandte je nach Umständen den

Auch Heinrich zog nach Frankfurt. Es folgte nun hier eine Doppelwahl, die einen wählten Friedrich von Östreich, die anderen Ludwig von Baiern. Auf Seiten Ludwigs standen Waldemar nnd Heinrich und letzterer hatte den Erfolg, daß ihm Ludwig unter dem 3. December 1314 alle seine Lande und Rechte bestätigte, wie sie 1236 von Kaiser Friedrich anerkannt waren.

Es schien nunmehr eine Zeit des Friedens anbrechen zu wollen. Denn am 9. December desselben Jahres wurden die Streitigkeiten zwischen Witzlav v. Rügen und Waldemar definitiv zu Templin beigelegt. Definitiv zwar, aber nur scheinbar. Denn der Friede enthielt eine Bestimmung, die über kurz oder lang wiederum zum Kriege führen mußte. Der Markgraf behielt sich nämlich zu Templin den Schutz der Stadt Stralsund auf 3 Jahre vor. Diese Bestimmung zeigt uns, daß der Friede nur ein Waffenstillstand war. Denn was war das für ein Friede, wenn Brandenburg eine gegen ihren Herrn aufrührerische Stadt auch fernerhin in seinen Schutz nahm. Aber Waldemar wollte gar keinen dauernden Frieden. Denn er hatte lange nicht das erreicht, was er mit diesem Kriege beabsichtigte, er wollte nur zu neuen Rüstungen Athem schöpfen.

Es kam wie es kommen mußte. Die Stadt Stralsund, auf einen so mächtigen Schutz pochend, entzweite sich von neuem mit ihrem Fürsten und im Jahre 1315 begann der Krieg.

Im vergangenen Jahre war die Gemahlin Heinrichs, Beatrix, zu Wismar gestorben. Nun konnte Waldemar ein, wenn auch nur sehr zweifelhaftes Recht auf das Land Stargard geltend machen. Das war der eigentliche Kern des ganzen Krieges, die Zurückgewinnung Stargards. Es handelte sich für Mecklenburg und Brandenburg in diesem Kriege nicht um die Unterwerfung oder die Vertheidigung

---

Namen eintrage. Da nun der Gesandte bei der zwiespältigen Wahl den Namen des dem Markgrafen mißliebigen Candidaten eingetragen habe, sei er bei seiner Rückkehr ins Gefängniß geworfen. Bis dahin läßt man sich die Sache noch gefallen, wenn sie auch unwahrscheinlich klingt. Nun folgt aber bei Crauß eine Ausmalung der Marter des armen Gefangenen, die ganz der antiken Tantalussage nachgedichtet ist und diese Geschichte macht dem Crauß solches Vergnügen, daß er sie an mehreren Stellen wiederholt. Genaueres über diese Geschichte, die zuerst Heinrich von Hervord erzählt, findet man bei Klöden: Waldemar II., S. 161—165.

Stralsunds, sondern um den Besitz Stargards. In der Hoffnung, dieses wieder zu gewinnen, hatte sich Waldemar auf die Seite Stralsunds gestellt. Er hatte im Anfang dies nicht öffentlich auszusprechen gewagt, als Sieger wollte er seine Bedingungen vorschreiben. Nun nach dem Tode der Beatrix trug er kein Bedenken, Stargard zurückzufordern. Stralsund war für Waldemar Nebensache, er wandte sich jetzt direkt gegen Heinrich.

Noch einmal machte man einen Versuch, den bevorstehenden Kampf gütlich beizulegen. Es geschah dies auf einer Zusammenkunft zu Broderstorf am 10. Juni 1315, eben jener, die Boll fälschlich ein Jahr zu früh ansetzt. Der Vertrag enthält folgende Bestimmungen: Die Stadt Stralsund soll wiederum Witzlav als ihren Herrn anerkennen und das Bündniß mit Waldemar zurückgeben; das was die Stadt dem Markgrafen noch schuldig ist, soll sie bezahlen; die festen Burgen sollen niedergerissen werden; dagegen soll Witzlav der Stadt ihren Abfall nicht nachtragen, sondern ihnen ein „holde here" sein; die Stadt behält ihre Privilegien und die Vertriebenen werden wieder in alle ihre Rechte eingesetzt. Als Richter in den beizulegenden Streitigkeiten fungiren Bischof Heinrich v. Kamin, Otto und Wartislav v. Stettin von des Markgrafen Seite; Nicolaus v. Schwerin, Heinrich v. Mecklenburg und Otto v. d. Hoye von Seiten des Königs Erich als Oberlehnsherrn des Fürsten Witzlav. Einigen sich diese nicht, so tritt als Obmann des Schiedsgerichts Bischof Nicolaus v. Verden hinzu. Die Schiedsrichter sollen ihr Amt antreten 14 Nacht nach St. Johannes Tag zu Neubrandenburg.

Durch diesen Frieden waren ja nun alle streitigen Punkte beigelegt. Nur Schade, daß er nicht gehalten wurde. Denn wie ich schon oben auseinandersetzte, handelte es sich noch um ganz andere Dinge als um Stralsund. Der Krieg war nicht mehr aufzuhalten.

Mit dem Schließen der Bündnisse verging jedoch noch eine geraume Zeit. Wir ersehen aus einer Urkunde, daß Heinrich erst am 8. October 1315 zu Lychen seine Hauptleute ernennt, die sich in die Festungen des Herzogs Otto v. Lüneburg gegen Brandenburg legen sollen. Es sind dies: Heinrich von Schwerin, Seghebandus de Monte de Halremund, Otto Magnus, Seghebandus de Monte Ricke und Seghebandus de Wittorpe.

Und nun brach der so lange hingehaltene Krieg mit um so größerer Heftigkeit aus.

Ich will hier den Kampf um Stralsund vorwegnehmen, um dann den Krieg zwischen Heinrich und Waldemar im Zusammenhang zu behandeln.

Waldemar hatte sich der Stadt Stralsund angenommen und legte zu ihrem Schutze mehrere Hauptleute in die Stadt. Gemäß den Berichten Detmars und der ann. Lubic. war Herzog Erich von Sachsen der erste, der vor Stralsund erschien. Ohne die Truppen Erichs, Heinrichs und Witzlavs zu erwarten, begann er den Angriff, um den ihm leicht scheinenden Sieg allein davon zu tragen. Jedoch die Stralsunder überfielen ihn in der ersten Frühe des Tages Albani (21. Juni) und nahmen ihn sammt vielen Mannen gefangen. Indessen die Noth der Bürger begann von neuem, als endlich Witzlav vor der Stadt erschien und dieselben zu Wasser und zu Lande eng einschloß. Denn der König von Dänemark hatte ihm nicht nur 60 Schiffe gesandt, sondern auch 2000 Mann zu Fuß unter dem Hauptmann Herrmann Marschalk von Eversteyn. Durch diesen engen Belagerungskrieg geriethen die Stralsunder gar sehr in Noth. Jedoch der Muth entsank ihnen nicht. Sie machten zu Schiffe einen starken Ausfall und es gelang ihnen, die dänische Flotte zu verbrennen. Hierdurch wurden sie nun so sehr ermuthigt, daß sie auch das Landheer angriffen. Es kam zu einem harten Kampfe, in dem auf beiden Seiten viele getödtet und gefangen wurden, aber am Ende behielten die Stralsunder doch die Oberhand und zwangen die Gegner, die Belagerung aufzuheben.

Bei Stralsund behielten also die Brandenburger den Sieg, desto schlechter erging es ihnen aber im Kampfe gegen Heinrich. Diesen Krieg führte Waldemar persönlich. Er sammelte ein Heer von 7000 Mann und mit dieser für damalige Zeiten gewaltigen Macht suchte er Heinrich in Stargard auf. Zuerst war das Kriegsglück ihm günstig. Er nahm Fürstenhagen und legte sich dann vor die Stadt Woldegk. Jedoch hier scheiterten alle seine Anstrengungen an der Tapferkeit und Wachsamkeit des Stadthauptmanns Martin von Huda und des Truchsesses Herrman Clod. Sieben volle Wochen lagerte der Markgraf vor der Stadt und nahm großen Schaden an Mann und Pferden. Endlich meinte er, die Stadt mit List einnehmen zu können. Er ließ einen unterirdischen Gang herstellen, um die Städter zu überrumpeln. Diese hörten zwar das Graben unter der Erde, jedoch ließen sie sich nichts merken, bis der Gang ganz nahe an die Stadt herangeführt war, dann gruben sie von oben, bis sie auf den Gang stießen, gossen eine Menge Wasser hinein und erstickten alle, die in dem Gange sich aufhielten. Nach großen Verlusten hob der Markgraf nun die Belagerung auf und zog vor Neubrandenburg. Vor dieser Stadt hatte er kein größeres Glück als vor Woldegk. Die Belagerten machten einen Ausfall und nahmen 30 Ritter gefangen. Es scheint, daß der Markgraf gedachte, Heinrich zu überraschen und mit seinem großen Heere das Land Stargard ohne Widerstand zu überschwemmen. Deswegen hatte er sich wohl auf eine lange Belagerung nicht eingerichtet, weder in Bezug auf den Proviant noch auch was den Belagerungsapparat anbetrifft. Denn anders kann man das Verhalten Waldemars nicht erklären. Vor Woldegk hob er die Belagerung nach sieben Wochen auf, obwohl er trotz großer Verluste immerhin noch eine stattliche Macht hatte. Neubrandenburg gab er nun ebenfalls nach einem Ausfall auf. Und dies ist um so mehr zu verwundern, als er mit der Eroberung der Stadt Heinrich selbst in seine Hände bekommen hätte. Denn derselbe kommandirte selbst in der Stadt und mit ihm Herzog Rudolf von Sachsen. Und Heinrich war, wie Kirchberg ausdrücklich erwähnt, noch gar nicht einmal völlig gerüstet. Aber Waldemar war auf längere Belagerung nicht eingerichtet, im raschen Anlauf wollte er das Land nehmen. Daher erklärt es sich auch, daß er nicht einmal den festen Hof Rybeke erobern konnte.

Da seine Absicht auf das Land Stargard mißlungen war, zog er sich über Fürstensee mit seinem geschwächten Heere zurück. Doch noch auf diesem Rückzug erlitt er einen Verlust. Es lauerten ihm nämlich die Mannen der Burg Stargard auf und nahmen in einem plötzlichen Angriff 60 seiner Ritter gefangen, abgesehen von den Knappen und Knechten.

Auch auf dem zweiten Kriegsschauplatz blieb Heinrich Sieger.

Der Graf Heinrich von Schwerin und die Grafen Gerhard und Johann von Holstein hatten ein Heer gesammelt, um Heinrich zu Hülfe zu kommen. Beim Dorfe Mölln,*)

---

*) Als Ort des Kampfes giebt Detmar Neubrandenburg an a. a. 1316: in deme sulven iare do stridden bi Nyen Branden-

im Lande Stavenhagen trafen sie zusammen mit Johann von Werle, der damals noch auf brandenburgischer Seite stand. Dieser kam von Cummerow, wo er gegen seinen Vetter Nicolaus, der´ zu Penzlin wohnte, zu Felde gelegen hatte. Es entstand ein harter Kampf. Johann von Werle blieb Sieger und nahm Heinrich von Schwerin gefangen. Doch schnell sollte sich das Kriegsglück wenden. Johann warf sich nun auf die nachrückenden Mecklenburger, die von dem Hauptmann Berthold Preen geführt wurden. Bei Luplow kam es zum Gefecht und nun ward Johann von Werle geschlagen und gefangen. Man brachte den gefangenen Fürsten nach Neubrandenburg, wo ihn Heinrich „gar fröhlich" empfing. Er wurde sodann gefangen gesetzt zuerst im Thurm zu Stargard und sodann zu Sternberg. Hier wäre er fast umgekommen. Während nämlich seine Wächter sich beim Biere vergnügten, kam im Gemache Johanns Feuer aus und er ward nur durch die Geistesgegenwart eines Soldaten vom Tode des Erstickens gerettet.

Johann hoffte, daß der Markgraf zu Hülfe kommen oder ihn befreien werde. Als Waldemar jedoch nichts für seinen gefangenen Verbündeten that, hielt es dieser für das Beste, sich mit dem siegreichen Heinrich auszusöhnen. Die Aussöhnung geschah am 23. März 1316 zu Rendsburg. Graf Heinrich v. Schwerin einerseits und Johann v. Werle andererseits sollen aus der Gefangenschaft entlassen werden. Johann und Henneke von Werle setzen dem König v. Dänemark und Heinrich von Mecklenburg Haus, Schloß und Land zu Malchin mit allem Recht für 10 000 Mark Silbers zu Pfande mit der Bestimmung, daß es eingelöst werden muß binnen sechs Jahren. Geschieht dies nicht, so bleibt das Land im Besitz obgenannter Fürsten. Die Herren v. Werle sollen sich nicht versöhnen mit dem Markgrafen, bevor Witzlav von Rügen und Heinrich wieder im Besitz ihrer Lande sind. Dagegen versprechen Heinrich und Erich, denen von Werle das neue Haus zu Wredenhagen wieder zu gewinnen. Auch

---

borch de van Mekelenborch unde de van Wenden; bie ann. Lubic. nennen das Dorf Helle als Kampfesplatz, a. a. 1316 item eo anno conflictus fuit prope villam Helle, non multum distantem de Nova Brandenborch. Es gehen alle diese Angaben ungefähr auf dieselbe Gegend, da sowohl Mölln wie Groß- und Klein-Helle bei Neubrandenburg liegen.

übergiebt Erich Heinrich und Witzlav das Amt Sternberg
an Johann von Werle, bis die v. Werle wieder zu ihrem
Recht gekommen sind. Es folgen sodann Bestimmungen
über gegenseitige Hülfeleistung und über schiedsrichterliche
Entscheidung in streitigen Sachen.

Heinrich benutzte seinen Sieg sofort. Er fiel nun
seinerseits in die Lande des Markgrafen ein und eroberte
die zwei Vesten Strohkirchen und Lübz. Das umliegende
Land ward stark verwüstet. Noch einmal wurde Stargard
von den Brandenburgern heimgesucht. Bald nach dem
Kampfe bei Luplow, erzählt Kirchberg, machten die Brandenburger, nur 94 an der Zahl, einen Streifzug ins Star-
gardische. Dieser Überfall scheiterte jedoch an der Tapferkeit
des Stargarder Burghauptmanns, Heinrich von Maltzan.
Er hatte nur 32 Mann um sich, aber dennoch siegte er
zwischen Quastenberg und Dewitz über die Brandenburgischen
und nahm 62 Ritter und Knappen gefangen. In demselben
Jahr in der Nacht St. Johannis vereinigten sich die Mecklenburgischen Hauptleute, nahmen Wredenhagen*) und verwüsteten das umgelegene Land. Seitdem blieb Stargard
von neuen Einfällen verschont.

Noch einmal kam es zu einer offenen Schlacht, der
größten und blutigsten in diesem Kriege. Heinrich v. Mecklenburg und Johann von Werle fielen mit einem großen Heere
in die Mark ein. Als Verbündete Heinrichs nennt Kirchberg: Erich von Dänemark, Rudolf von Sachsen, Otto von
Lüneburg, Gerhard und Johann von Holstein, Witzlav von
Rügen, Nicolaus von Wittenburg und Heinrich v. Schwerin.
Waldemars Verbündete waren nach Kirchberg: alle polnischen
Herzöge, der Markgraf von Meizen, der Bischof von Magdeburg, der Bischof von Cammin, der Herzog von Braunschweig, die Herzöge von Stettin, der Landgraf von Hessen.
Doch kann man wohl auf diese Liste Kirchbergs nicht viel
geben. Als Verbündete Waldemars zählt er auf den Erzbischof von Magdeburg. Wir haben aber schon früher gesehen, daß sich dieser am 29. Februar 1316 mit Heinrich
verbündete. Wenn ferner Kirchberg alle polnischen Herzöge
als Verbündete Waldemars nennt, ist dies auch nicht richtig.

---

*) Wie Boll richtig vermuthet, ist bei Kirchberg statt Meyenburg
Wredenhagen zu lesen. Denn im Meienburger Vertrage am 13. December 1316 sehen wir Waldemar im Besitze Meienburgs, Heinrich
aber im Besitze von Wredenhagen.

Denn schon am 27. Juni 1315 verband sich Waldislav von Polen mit Erich, Witzlav und Heinrich.

Als Heinrich bei Schulzendorf über einen Bach gesetzt war und auf Gransee*) zurückte, wurde er in der Nähe des letztgenannten Ortes von Waldemar angegriffen und es entspann sich ein erbitterter und blutiger Kampf. Heinrich und der Markgraf waren selbst im dichtesten Kampfgewühl, Heinrich, der, wie Kirchberg sagt, gleich Hector stritt, erhielt einen Axthieb auf den Kopf, so daß er eine Zeit lang besinnungslos war. Der Markgraf war nahe daran, in Gefangenschaft zu gerathen. Er ward hart bedrängt von Michel Kratz und einem Grevismühlener Bürger, Nicolaus Schrapentrog. Er gerieth in einen feindlichen Haufen und ward vom Pferde gerissen. Aber der Graf von Mansfeld half ihm auf ein Pferd und machte ihn frei. Der Graf selbst gerieth in Gefangenschaft. Die Brandenburger wurden vollständig geschlagen und theils getödtet, theils gefangen. Die Sieger zogen sich nach Buchholz zurück und theilten die Beute. Es war nicht die Tapferkeit der Mecklenburgischen Truppen allein, der Markgraf Waldemar bei Gransee erlag. Denn die Chronik der Brandenb. Markgrafen (G. Sello in d. Forsch. z. Brand. u. Preuß. Gesch.) berichtet uns, daß er auch an Zahl den Mecklenburgern nachstand, da er, um die Feinde nicht entgehen zu lassen, das Herankommen seines gesammten Heeres nicht erwartete. C. XXVI der Chronik nämlich lesen wir: cum · Magnopolensi Henrico eciam congreditus (sc. Waldemarus) in conflictum, quoniam antea terram suam iuxta Gransege potenter ingressus hostiliter devastaverat; unde bellum durissimum inter utrosque geritur inxta villam Wolterstorp, ubi licet plures in exercitu Magnopolensi quam Woldemari fuissent, veruntamen ipse Woldemarus et sui magis andacter et strenue pugnaverunt. — Ähnlich stellen die ann. Lubic. die Sache dar und zwar mit der genauen Bestimmung, daß Heinrich 800 Streitrosse und viel Fußvolk, der Markgraf dagegen nur 500 Streitrosse bei sich gehabt habe. Zum Schlusse heißt es in diesen annalen: „praevaluit autem

---

*) Wiederum finden wir den Ort der Schlacht verschieden angegeben. Während die ann. Lub. richtig Gransee nennen, giebt Kirchberg Schulzendorf, die Chronik der Brandenburgischen Markgrafen Woltersdorf an. Alle drei liegen im Kreis Ruppin. S. übrigens „Lisch, Mecklenburg. Jahrb. 11."

maior exercitus, scilicet domini Magnopolensis, quod actum est virtute peditum suorum, ut dicitur", wobei die Worte „quod actum est peditum suorum" der besonderen Beachtung werth sind.

Nach allen diesen Niederlagen war endlich Waldemar bereit, Frieden zu schließen. Am 13. December 1316 kamen die Friedenspräliminarien zwischen Brandenburg einerseits und Erich und Heinrich andrerseits zu Meienburg zu Stande. Es ist dies erst die Einleitung zu den Verhandlungen, definitive Entscheidungen finden sich in dieser Urkunde nicht. Vier Schiedsrichter sollen alle Streitigkeiten der beiden Parteien untersuchen, von Brandenburgischer Seite Droyseke und Henning von Blankenburg, von Seiten Erichs und Heinrichs Busso v. d. Dolle und Juriges Hasenkopp. Acht Wochen wird ihnen Zeit zur Untersuchung gegeben. Davon sollen sie vier in Lychen und vier in Templin liegen. Die Markgrafen Waldemar und Johann, denn dieser war bereits selbstständig geworden, setzen als Unterpfand des Friedens die Schlösser Strelitz und Meienburg.

Jedoch es war nicht so leicht, den Frieden wieder herzustellen. Noch mehrere Male kamen die feindlichen Parteien vor dem definitiven Friedensschluß zusammen. Eine solche Versammlung fand zu Vordingborg statt in der Zeit zwischen dem Meienburger Vertrage und dem zu Bruderstorf um Pfingsten des folgenden Jahres. Huitfeld und nach ihm Riedel setzen diesen Vordingborger Vertrag auf den 13. December 1317 an und nehmen ihn als den endgültigen Frieden. Jedoch ist dies unmöglich, da im Bruderstorfer Vertrag, im Mai 1317, schon auf die Zusammenkunft Bezug genommen wird. Wenn es bei Huitfeld im Vordingborger Vertrag heißt: alle anderen Artikel sollen gehalten werden, welche vor Magdeburg verabredet sind, so ist hier fälschlich Magdeburg statt Meienburg gesetzt (s. Mecklenb. Urkundenb. Nr. 3862).

Der Vordingborger Vertrag ist dem Hauptinhalt nach ein Separatfriede zwischen Waldemar und Witzlav. Witzlav soll das Land Rügen und Stralsund und was ihm der Markgraf an Schlössern und Vesten abgenommen, wieder erhalten. Beide sollen sich in ihren Landen nicht hinderlich sein, sondern freundschaftlich fördern. Mit den Sundischen soll Witzlav verhandeln auf Grund der Privilegien, die der Stadt in den ersten Briefen zuertheilt sind. Das Übrige wird gehalten, wie es zu Meienburg verabredet ist.

Die Zeit von acht Wochen, die den Schiedsrichtern im Meienburger Vertrage ausgesetzt war, scheint jedoch zur Beilegung so vieler Streitigkeiten bei weitem nicht ausgereicht zu haben. Am Pfingstabend 1317 kamen Erich und Waldemar noch einmal zusammen zu Bruderstorf und verlängerten die anfangs bewilligten acht Wochen auf vier Monate. Auch hinsichtlich des Obmanns, der bei auseinandergehender Meinung der Schiedsrichter entscheiden sollte, scheinen Schwierigkeiten entstanden zu sein. Nach dem Meienburger Abkommen sollten die Schiedsrichter sich selbst bei streitigen Punkten einen Obmann wählen, hier zu Bruderstorf wird zum Obmann Herzog Rudolf von Sachsen ernannt. Dieser Vertrag soll übrigens dem, was zu Vordingborg abgemacht ist, keinen Abbruch thun. Am 2. Pfingsttag, 23. Mai, traf Erich ein Abkommen mit Waldemar hinsichtlich der Ritter und Vasallen, die in dem letzten Kriege gegen Brandenburg gedient. Waldemar verspricht, ihnen ihre Güter zurückzugeben oder ihnen zu gestatten, dieselben binnen zwei Jahren zu verkaufen. Noch einmal sichert er die Rückgabe Stralsunds an Witzlav in dieser Urkunde zu.

Zu einem engeren Bündniß, oder wie sie sich ausdrücken, zu einem ewigen Freundschaftsbündniß, kam es am 24. Mai zwischen Waldemar, Erich und Heinrich. Noch ehe die Streitigkeiten des vergangenen Krieges beigelegt waren, verpflichteten sie sich in obiger Urkunde, alle zukünftigen Streitigkeiten einem Schiedsgericht zu unterwerfen. Der Markgraf ernennt als Richter Günther von Kevernberg und Drohseke; Erich und Heinrich Niels Oluffson und Jürgen Hasenkopf. Als Obmann soll wiederum Herzog Rudolf von Sachsen fungiren.

Nachdem sich so die Fürsten durch Einzelbündnisse bereits vertragen hatten, konnte das Schiedsgericht am 1. Juli zu Lychen seine Sitzungen beginnen. Die Entscheidungen, die Drohseke von Kröcher, Henning von Blankenburg, Busso v. d. Dolle und Georg Hasenkopf fällten, hier auszuführen, würde zu lang sein. Sie füllen die Urkunden Nr. 3918 bis 3927 incl. aus und haben theilweise einen beträchtlichen Umfang. Diese Verhandlungen sind alle nur Vorläufer des definitiven Friedens, der 1317 am 24. November von Waldemar, am 25. von Erich zugleich im Namen Heinrichs von Mecklenburg unterzeichnet wurde.

Die einzelnen Punkte dieses Templiner Friedens, die entweder verbündete Fürsten oder Vasallen betreffen, können wir übergehen. Aber zwei Bestimmungen sind von großer Wichtigkeit für Mecklenburg. Heinrich tritt an Brandenburg die Schlösser Eldenburg und Wredenhagen ab, jedoch unter der Bedingung, daß dieselben, wenn der Markgraf ohne männlichen Erben stirbt, an Mecklenburg zu ewigem Besitz zurückfallen. Dagegen, und das ist der Kern des Vertrages, überläßt Waldemar das Land Stargard an Heinrich mit allen Rechten, so wie er es vom Markgrafen und dessen Vorfahren besessen hat.

Dieser Friede wurde noch ergänzt durch eine ebenfalls am 25. November zu Templin ausgestellte Urkunde, in der sich Erich, Waldemar und Heinrich über die Stärke der einander zu stellenden Kriegshülfe verständigen.

So war denn dieser Krieg beendet, der schon 1304 drohte und der in seinem endlichen Ausbruch die Mark und Mecklenburg furchtbar verwüstete. Und dieser Kampf war im Wesentlichen ganz vergeblich geführt. Die Gegner hatten ihre Kräfte an einander gemessen. Der eine und der andere war wohl geschlagen, aber keiner war vernichtet. Der Krieg stellte den Zustand wieder her, wie er schon im Vietmanns= dorfer Vertrag festgestellt war. Aber unvermeidlich war der Kampf. Die Gegner konnten nur zur Ruhe kommen, wenn sie sich mit den Waffen gemessen, wenn sie erkannt hatten, daß sie einander ebenbürtige Gegner seien.

Aber einen positiven Erfolg hatte Heinrich doch infolge des Krieges. Für seine treuen Dienste und als Schaden= ersatz verlieh ihm der König von Dänemark die Herrschaft zu Rostock, und was er, der König, im Lande Wenden besaß an Schlössern, Festungen und Vogteien, mit Ausnahme des Schlosses „Dänische Burg" zu Warnemünde. Diese Lande sollte Heinrich jedoch nur so lange besitzen, bis seine An= sprüche auf Schadenersatz von Dänemark befriedigt würden.

Die Übertragung Rostocks an Heinrich zeigt uns Erich als einen überaus staatsklugen Fürsten. Mit großer Mühe hatte er in Rostock festen Fuß gefaßt, es konnte nimmermehr seine Absicht sein, dies Land jetzt wieder fahren zu lassen. Da er aber den Forderungen Heinrichs für den Augenblick nachgeben mußte, traf er den klugen Ausweg, das Land nur als Pfand= besitz diesem zu verleihen. Jedoch er war sich wohl bewußt, daß er dereinst die freiwillige Herausgabe des verpfändeten Landes schwerlich erlangen würde und darum behielt er Warnemünde in seinem Besitz. Was konnte Heinrich das Land Rostock nützen, wenn er nicht Warnemünde sein nannte.

Solange er dies nicht hatte, konnte er sich nicht als den Herrn von Rostock ansehen. Daher war sein eifrigstes Bestreben, Warnemünde in seinen Besitz zu bringen und wir werden sehen, wie er hierüber mit Dänemark gänzlich zerfiel.

Das gute Verhältniß zwischen Waldemar und Heinrich ward in der Folgezeit nicht mehr gestört. Als aber der Markgraf im August 1319 starb, brach ein neuer verderblicher Krieg aus. Waldemar hatte keinen Erben hinterlassen, nur ein unmündiger Sohn seines Oheims Heinrich war noch am Leben. Heinrich von Mecklenburg wähnte den günstigen Augenblick gekommen, einen Theil der Mark an sich zu bringen. Und in der That schien ihm dies Unternehmen zu glücken.

In dem Frieden zu Templin war bestimmt worden, daß die Schlösser Wredenhagen und Eldenburg an Mecklenburg fallen sollten, wenn der Markgraf keine männlichen Erben hinterließe. Sogleich nach dem Tode Waldemars rückte Heinrich mit Heeresmacht vor die Schlösser und forderte die Hauptleute auf, ihm dieselben dem Vertrage gemäß auszuliefern. Diese, Droyseke von Kröchern und Rebeke von Redern, trugen nun kein Bedenken, jene Bestimmung des Friedens zu erfüllen. Sie übergaben die Schlösser an Heinrich. Doch nicht nur diese, sondern auch die ganze Priegnitz überließen sie an Heinrich. Denn dieselbe war von Waldemar an obengenannte Ritter für 20000 Mark verpfändet. Die beiden Gläubiger übertrugen nun das Land auf Heinrich und dieser versprach, die 20000 Mark zu lösen. Viele vom märkischen Adel nahmen Heinrich als ihren Herrn an. Der herrenlosen Mark drohten große Stürme und die Adeligen mußten sich zum Schutze ihrer Güter nach einem kräftigen Rückhalt umsehen. Wen hätten sie wohl lieber zu ihrem Schutzherrn wählen können, als den thatkräftigen Heinrich von Mecklenburg. Aber viele hatten auch noch Forderungen an den verstorbenen Markgrafen, sie mußten fürchten, diese jetzt einzubüßen. Daher legten sie Heinrich bei ihrer Unterwerfung die Bedingung auf, ihnen zu ihren Schuldforderungen zu verhelfen. Daß sie aus diesen Gründen auf Heinrichs Seite traten, erhellt deutlich aus einer Urkunde vom 20. Aug. 1319. Hierin verpflichteten sich Heinrich und Werner von Stendal, Philipp und Otto Hunger, Hans und Konrad von Quitzow dem Fürsten Heinrich zu dienen eben unter den obengenannten Bedingungen, des Schutzes ihrer Güter und der Rückzahlung ihrer an Waldemar geliehenen Gelder. Wenn aber die Mark wieder einen rechtmäßigen Herrn bekäme und dieser ihnen ihre Forderungen bezahlte, so sollte sie Heinrich ihres Dienstes entlassen. Andere folgten ihrem Beispiele. Am 21. September desselben Jahres begaben sich der Ritter Gumpert von Alsleben und der Knappe Gumpert von Als= leben mit ihrem Schlosse Lenzen in den Schutz Heinrichs. Am 2. November nahm Günzel Gans zu Putlitz seine märkischen Güter ebenfalls von Heinrich zu Lehen.

Dagegen suchten sich manche einen anderen Herren. So Droyseke, Johann, Heinrich und Jordan von Kröcher und Friedrich und Heinrich von Schepelitz, die sich mit ihren Schlössern Betzendorf und Kalbe in den Dienst Herzogs Otto von Braunschweig-Lüneburg begaben. Jedoch blieben auch diese mit Heinrich in gutem Einvernehmen. Sie ver= pflichteten sich nämlich dem Herzog zum Dienst gegen Jeder= mann, jedoch ausgenommen gegen Heinrich v. Mecklenburg.

Von weit größerer Bedeutung als der Übertritt einer Anzahl von Adeligen war es für Heinrich, daß ihn die Uker= märkischen Städte Prenzlau, Pasewalk, Schwedt, Angermünde, Oderberg, Zehdenik, Fürstenberg, Templin, Fürstenwerder, Straßburg, Jagow und die drei Vogteien Stolp, Jagow und Liebenwalde als ihren Herrn anerkannten. Die Stadt Neu= brandenburg verpflichtete sich in einer Urkunde vom 29. Sep= tember 1319 für diese Städte.

Heinrich sah sich zu gleicher Zeit nach Verbündeten um, jedoch fand er diesmal nur geringen Anhang, da man seine großen Erfolge mit mißgünstigen Augen ansah. Am 11. Januar 1320 gelang es ihm, mit dem Grafen Heinrich von Schwerin ein Bündniß zu Stande zu bringen. Außerdem standen auf seiner Seite Rudolf von Sachsen und die Grafen von Holstein. Denn Heinrich hatte sich gerade jetzt mit Gräfin Elisabeth von Holstein verlobt. Ihm gegenüber aber erhob sich eine starke Fürstenmacht. Sein mächtigster Gegner war Christoph von Dänemark.

Wie wir vorher gesehen haben, hatte sich Erich von Dänemark seinem Einfluß auf das an Heinrich abgetretene Rostock dadurch gesichert, daß er die Burg in Warnemünde behielt. Wenn Heinrich Herr des Landes werden wollte, mußte er Warnemünde in seinen Besitz bringen. Die Ge= legenheit hierzu bot sich ihm beim Tode Erichs, es gelang ihm in der That, die Burg durch einen Handstreich den Dänen zu entreißen. Dafür aber ward nun Christoph von Dänemark sein Gegner, er verband sich am 8. April 1320 mit Erich von Sachsen. Dieser Vertrag zeigt eine merk= würdige Clausel. Erich hatte sich nämlich am 22. November 1319 mit Heinrich von Schwerin in einem ewigen Frieden vereinigt, nun aber trat er zu dessen Feinden über. Daher machte er in seinem Vertrage mit Christoph die Clausel, daß er Heinrich von Schwerin innerhalb dessen Landesgrenzen in keiner Weise belästigen wolle, daß er ihn aber außerhalb seines Gebietes feindlich bekämpfen werde.

Am 27. Juli verband sich Wartislav von Stettin mit Heinrich von Schlesien, um Heinrich von Mecklenburg die Uckermark zu entreißen. Wartislav trat zuerst als Vormund des unmündigen Markgrafen Heinrich auf. Als jedoch dieser gestorben war, suchte er die Mark für sich selbst zu ge= winnen.

Am 1. August nahm Christoph von Dänemark den Grafen Nicolaus von Schwerin in seinen Bund auf. Außer= dem standen gegen Heinrich der Erzbischof von Magdeburg und der Herzog Otto von Braunschweig.

Das Schlimmste für Heinrich aber war, daß auch die Städte Prenzlau, Pasewalk und Templin, die sich vorher an ihn angeschlossen, nun wieder abfielen und auf die Seite des jungen Markgrafen und nach dessen Tode zu Christoph und den pommerschen Herzögen traten. Dies geschah am 23. August 1320. In der zu Pasewalk ausgestellten Urkunde begaben sich die obengenannten Städte in den Schutz des Königs Christoph, der zu ihren Schirmherren die Herzöge Otto und Wartislav von Pommern einsetzte. Jedoch die Städte behalten sich vor, falls ein rechtmäßiger König er= wählt würde und dieser einen Fürsten mit der Mark be= lehnte, zu diesem rechtmäßigen Herrn zurückzukehren, ohne an die Verträge mit Dänemark gebunden zu sein. Man sieht, die Städte verfuhren äußerst vorsichtig. Heinrich war aber nicht gesonnen, den Eidbruch der Städte ungestraft zu lassen. Er sammelte ein Heer und mit Hülfe der holsteinischen Grafen gelang es ihm, Templin wieder zu nehmen.*) Wenn

---

*) Wenn Boll sagt, daß Kirchberg die Wiedereroberung Templins und den Zug gegen Stettin fälschlich in das Jahr 1319 setze, so ist dies nur theilweise richtig. Die Wiedergewinnung Templins fällt auch bei Kirchberg ins Jahr 1320. Denn er erzählt: Als Heinrich nach dem Tode Waldemars die Schlösser Wredenhagen und Eldeburg er= halten, zog er gegen die Ditmarschen. Das geschah, wie Kirchberg sagt, 1319, natürlich am Ende des Jahres, da Waldemar im August starb. Als Heinrich, sagt Kirchberg, von diesem Zuge heimkehrte, zog

nun auch Kirchberg sagt, daß er die Stadt „mechtiglich", gewann, so ist doch; wohl vielmehr anzunehmen, daß er sich gütlich mit ihr vertrug. Denn sonst läßt sich die Urkunde vom 1. Oktober 1320 nicht erklären. Er bestätigt nämlich der Stadt nicht nur alle Privilegien, wie sie dieselben unter den Markgrafen besessen, sondern er erweitert auch das Stadtgebiet durch zahlreiche Schenkungen. Durch solche Milde gedachte er auch die anderen Städte zur Unterwerfung zu überreden.

Nach Bezwingung Templins wandte sich Heinrich gegen Wartislav von Pommern und drang bis Stettin vor. Dann zog er gegen den Erzbischof von Magdeburg, der ihm die vom Bischof von Halberstadt am 6. April 1320 übertragenen Lehen Arneburg, Seehausen, Werben und Krumbeck streitig machte.

Nach seiner Rückkehr von diesen Zügen trat Heinrich in ein Bündniß mit Johann und Johann dem jüngeren von Werle. Es geschah dies im December 1320. Denn in einer Urkunde vom 23. December leistet die Stadt Plau dem Fürsten Heinrich die Eventualhuldigung für den Fall, daß die beiden Werle, ihre Landesherren, den geschlossenen Frieden nicht halten sollten. Heinrich überließ dafür, wie Kirchberg erzählt, den Burgwerder und Wredenhagen an die Werler. Doch waren diese von jeher unsichere Verbündete und so brachen sie auch bald diesen Vertrag, um sich auf die Seite der Gegner zu schlagen.

Ueber den Verlauf des Krieges im Jahre 1321 haben wir keine speciellen Nachrichten. Daß aber der Krieg auch in diesem Jahre fortging, darüber belehrt uns ein Schreiben des Bischofs von Schwerin an den Papst, wenn er sein Ausbleiben auf eine Vorladung desselben damit entschuldigt, daß das Land plena turbacionibus, discordiis et guerris

---

er in die Mark und gewann Pasewalk, Prenzlau und Templin. Wenn er nun sagt: „Danach zu Paschen es geschah, daz man dy eyde sy brechin sach", so kann er damit doch nur den Ostern des folgenden Jahres 1320 meinen. Aber freilich den Zug gegen Stettin und Magdeburg verlegt er fälschlich ins Jahr 1319. Dies ist nicht anzunehmen. Denn erstens hatte Heinrich wohl in diesem Jahre zu diesem Kriege keine Zeit, dann aber war es gerade der Abfall der Städte zu Wartislav, der ihn gegen diesen zu ziehen aufforderte. Den Zug gegen Magdeburg unternahm Heinrich, weil ihm der Bischof Arneburg, Seehausen, Werben und Krumbeck vorenthielt. Diese Lehen waren ihm aber erst am 6. April 1320 vom Bischof zu Halberstadt verliehen. Hier liegt also jedenfalls ein Irrthum Kirchbergs vor.

sei. Im Allgemeinen brachte man die Zeit damit hin, Bündnisse für und wider zu schließen. Am 5. Mai 1321 verbanden sich Otto, Barnim und Wartislav von Pommern
mit Witzlav von Rügen gegen Heinrich. Sie geben Witzlav
2000 Mk. Silbers und Stadt und Land Alt-Treptow. Als
Zeuge fungirt Bischof Conrad von Camin, der also auch
gegen Heinrich stand.

Am 31. December tritt Bischof Herrmann von Schwerin
mit seinen Brüdern in ein Bündniß mit Witzlav und den
pommerschen Herzögen.

Dagegen suchte auch Heinrich Unterstützung bei anderen
Fürsten. Von großer Bedeutung für ihn war seine Ver-
bindung mit Schweden. Am 24. Juli 1321 verlobte sich
sein Sohn Albrecht mit Euphemia, der Schwester des Königs
Magnus von Schweden, und beide Staaten schlossen zugleich
ein Hülfsbündniß. Unter gleichem Datum bekennt sich Kanut
Porse, Hauptmann des Königs von Schweden, verpflichtet,
Heinrich zu helfen gegen Jedermann, ausgenommen natürlich
gegen Schweden. Am 1. September wurde dieser Bund zu
Doberan erneuert mit dem ausdrücklichen Bemerken, daß dies
Bündniß gegen Dänemark vornehmlich gerichtet sei. Doch
auch in der Nachbarschaft fand Heinrich Hülfe. Am 16. Juli
verpflichteten sich Nicolaus von Schwerin und sein Sohn
Nicolaus Heinrich zu dienen gegen Jedermann mit Ausnahme
des Herzogs Otto von Braunschweig und des Grafen Heinrich
von Schwerin.

Am 12. September vereinigten sich die von Kröcher
mit Heinrich und geloben, ihm ihre Schlösser offen zu halten.
Auch mit Erich von Sachsen scheint Heinrich sich besser gestanden zu haben, denn am 3. December fällt er einen Spruch
in den Streitigkeiten dieses Fürsten mit Johann von Sachsen
und Gerhard von Holstein.

Durch die ununterbrochenen Kriege waren Heinrichs
Geldmittel erschöpft. Er hatte sich durch Anleihen und Ver-
pfändungen zu helfen gesucht, doch reichte dies nicht hin.
Er wandte daher ein anderes Mittel an.

„Da gebruchte böses Rades sich von Mecklenburg
Herr Heinrich" sagt Kirchberg. Dieser böse Rath bestand
darin, daß er den Geistlichen und den Klöstern Abgaben
auferlegte. Latomus weiß hiervon eine ergötzliche Geschichte
zu erzählen. Als Heinrich dies Edict gegeben, habe er in
der Nacht ein böses Gesicht gehabt. Seine Seele sei vom
Teufel in die Hölle geschleppt worden, dann aber von einem

Engel gerettet. Darüber sei er so erschrocken gewesen, daß er dem Clerus alle gewonnenen Güter zurückgegeben habe. Infolge des „bösen Rades" gerieth er mit dem Clerus in gewaltigen Streit und ward vom Ratzeburger Bischof in den Bann gethan. Diese Begebenheit setzt Kirchberg fälschlich in das Jahr 1323, während es schon 1321 geschah. Denn Bischof Herrmann von Schwerin sagt in einer Urkunde vom Februar 1321, daß Heinrich vorhabe, pro onno presenti omnes fructus, redditus et proventus der Geistlichkeit zu nehmen (rapere) und zu seinem Nutzen zu verwenden. Auch berichtet Detmar a. a. 1321: In deme jare nam de here van Mekelenborch den papen unde allen geistliken luden ere renthe, de van deme jare en toborede in sineme lande. dar satten sic weder de moneke, erst van Reynevelde, dar na de · van Dargun, se leten bannen unde den sang lecghen solanghe, dat he sic mit en vorevende (diese Vereinbarung geschah erst im Jahre 1323). Danach fällt auch das Unternehmen Heinrichs gegen Witzlav ins Jahr 1321. Zweimal kam es zum Kampfe, bei Sülz und bei Ribnitz, und in beiden Gefechten behält Heinrich den Sieg.

Für das Jahr 1323 stand Heinrich ein gewaltiger Kampf bevor, der um so furchtbarer war, als er selbst krank daniederlag. Auf mecklenburgischer Seite stand nur Graf Heinrich von Schwerin. Am 11. Mai 1322 schloß er mit Heinrich ein Bündniß und erhielt dafür Lenzen und Stavenow. Gegen Heinrich standen nach Kirchberg: Christoph von Dänemark, Bischof Herrmann von Schwerin, Wartislav von Stettin, Witzlav von Rügen. Auch die Fürsten von Werle hielten ihren -Bund mit Heinrich keineswegs. In einer Urkunde vom 28. Mai 1322 fordert Johann von Werle, von Volkmar von Gowisch und Heinrich von Werle Hilfstruppen für den König Christoph. Am 11. Juni schlossen sie dann ein Bündniß mit den pommerschen Herzögen und Christoph gegen Heinrich. Auf die Seite dieser Verbündeten trat auch am 7. Juli Graf Gerhard von Holstein, freilich mit der Clausel, daß er nicht verpflichtet sei, gegen Heinrich die Waffen zu führen. Aber er verspricht doch, diesen auf keine Weise zu unterstützen.

Die Gegner benutzten nun Heinrichs Krankheit durch einen vereinten Angriff. Es war weniger ein Krieg, als vielmehr ein verwüstender Streifzug durch Heinrichs Lande. Bei der Belagerung fester Plätze wie Schwerin und Gnoien, hielten sich die Feinde nicht auf, sie durchzogen in wenig Tagen das ganze Land.

Heinrichs Zorn richtete sich vor allem gegen die meineidigen Fürsten von Werle. Um freie Hand zu bekommen, vertrug er sich am 5. März mit dem Bischof von Schwerin und am 17. März zu Grevesmühlen mit dem Ratzeburger Bischof. Am 23. Juli schloß er mit Nicolaus von Schwerin Frieden und am 2. August versöhnte er sich mit Witzlav von Rügen. Und nun wandte er sich mit aller Macht gegen die Werle. Er verwüstete ihr Land und schlug sie entscheidend bei Friedrichsdorf. Doch erst am 19. Juli 1323 kam der Friede zu Neubrandenburg zu Stande. Die Werle mußten auf Ausspruch des Schiedsgerichtes alle eroberten Schlösser an Heinrich zurückgeben.

Heinrich war jetzt noch unversöhnt mit den mächtigsten Gegnern: Christoph von Dänemark und den pommerschen Herzögen. König Christoph hatte sich an den Papst gewandt und dieser beauftragte in einer zu Avignon am 1. Februar 1323 ausgestellten Urkunde den Bischof von Ripen, den Propst zu Schleswig und den Archidiakonus zu Rothschild, vom Fürsten Heinrich die Rückgabe des Landes Rostock an Cristoph zu erwirken. Dieser Machtspruch machte freilich auf Heinrich sehr wenig Eindruck. In einer Urkunde vom 8. März nennt er sich ruhig Stargardensis et Rozstoccensis dominus und am 11. März bestätigt er als Landesherr der Stadt Rostock die Heide und verkauft ihr Warnemünde. Jedoch ließ es Christoph, dem in seinem eigenen Lande Schwierigkeiten entgegentraten, nicht zu neuem Kampfe kommen. Am 21. Mai schloß er mit Heinrich zu Nykjöbing Frieden. Er belehnt Heinrich mit Rostock, Gnoien und Schwan, Heinrich andererseits verspricht, dem König übers Meer hin mit 30 Mann zu dienen, dagegen auf dem Continent mit aller Macht und allen Schlössern gegen Jedermann mit Ausnahme des Bischofs von Havelberg, Gerhards von Holstein, Heinrichs und Gunzelins von Schwerin. Gunzelin schloß nämlich am 23. Mai ebenfalls zu Nykjöbing ein gegenseitiges Hülfsbündniß mit Heinrich.

Mit den letzten Gegnern Heinrichs, den Herzögen Otto und Wartislav von Pommern, kam am 20. Juli ein Einverständniß zu Stande. Beide Parteien überlassen die Beilegung ihrer Streitigkeiten dem Herzog Erich von Sachsen zur schiedsrichterlichen Entscheidung.

Die Geneigtheit der streitenden Fürsten, Frieden zu schließen, hatte eine bedeutsame Ursache, ihnen drohte jetzt eine gemeinsame Gefahr. Es war nämlich das eingetreten, was die Städte der Uckermark stets in ihren Verträgen berücksichtigt hatten. Ludwig von Baiern hatte den Thron bestiegen und belehnte seinen unmündigen Sohn Ludwig mit der Mark. Hierdurch waren die Landschaften, die die einzelnen Fürsten an sich gerissen, auf das äußerste gefährdet. Die Besorgniß der Fürsten mußte sich steigern, als Ludwig sich mächtige Verbündete zu verschaffen wußte. Am 4. Mai trat zu Nürnberg Otto von Braunschweig auf seine Seite und im Juli brachte er eine Verlobung seines Sohnes mit der Tochter Christophs von Dänemark zu Stande. Letzterer seinerseits schloß am 10. Juni 1324 ein Bündniß mit Johann II. und Johann III. von Werle, die ihm Hülfe gegen Jedermann versprachen mit Ausnahme des Königs Ludwig, des Markgrafen Ludwig und des Herzogs von Lüneburg. Am selben Tage verbündete sich der König auch mit Witzlav von Rügen. Beide Bündnisse sollten auf fünf Jahre gelten.

Auch der Adel fiel dem jungen Markgrafen zu, wie z. B. die von Alsleben und der Graf von Mansfeld sich am 28. Januar 1324 verpflichteten, Ludwig ihre Schlösser offen zu halten.

Wie es zu erwarten stand, ging König Ludwig sofort daran, die abgetrennten Gebiete der Mark zurückzugewinnen. Jedoch hütete er sich, Gewalt zu gebrauchen. Denn, da er vom Papste, mit dem er gänzlich zerfallen war, in den Bann gethan war, mußte er fürchten, von seinen Gegnern überhaupt nicht als König anerkannt zu werden. Daher gab er am 23. October 1323 dem Grafen Berthold von Henneberg ausgedehnte Vollmacht, mit dem Erzbischof von Magdeburg, den Herzögen von Sachsen und Stettin und Heinrich von Mecklenburg zu unterhandeln.

Am 24. Juni 1324 belehnte er dann noch einmal seinen Sohn Ludwig mit der Mark.

Heinrich erkannte sehr wohl, daß er der festgeschlossenen Macht des Königs Ludwig nicht mit Erfolg widerstehen könne. Er schloß daher am 5. October 1324 mit dem Grafen von Henneberg einen Vertrag, dessen Hauptpunkte folgende sind: Über den Besitz der drei Vogteien Liebenwalde, Stolp und Jagow soll König Christoph eine schiedsrichterliche Entscheidung fällen: was die Mannen und Land-

schaften anbetrifft, die Markgraf Waldemar vormals an Droyseke von Kröcher und Redeke von Redern verpfändet hatte,
so sollen hierüber die Mannen selbst entscheiden. Auf
Christoph kompromittiren gleichfalls Rudolf von Sachsen und
die Herzöge Otto und Wartislav von Stettin.

Um diesem Vertrage den gehörigen Nachdruck zu verleihen, verbanden sich am 21. November Heinrich und die
pommerschen Herzöge zu einem ewigen Bündniß gegen Jedermann, ausgenommen den König Christoph. Mit Absicht
wurde gerade dieser ausgenommen, weil die Verbündeten
hofften, ein günstiges Urtheil von ihm zu erlangen.

Doch Christoph suchte sich die Gunst König Ludwigs
zu erhalten und fällte am 27. December zu Vordingborg
in Gegenwart Heinrichs und des jungen Ludwig ein Urtheil
zu Gunsten des Markgrafen. Da Heinrich, so heißt es in
diesem Schiedsspruche, trotz wiederholter Aufforderung sein
Anrecht an die drei Vogteien nicht bewiesen habe, so sei er
gehalten, dieselben dem rechtmäßigen Herrn, Markgraf Ludwig,
zurückzugeben. Freilich war der Vorwurf des Königs, daß
Heinrich „trotz wiederholter Aufforderung" sein Anrecht nicht
bewiesen habe, nur zu berechtigt. Denn anstatt dem König
Rede zu stehen, ging Heinrich heimlich in See und kehrte in
sein Land zurück.

Im Anfange des nächsten Jahres am 2. Februar fällten
die Städte und Mannen der Priegnitz ihren Schiedsspruch.
Die Priegnitz soll danach an die Mark zurückfallen, jedoch
soll der Markgraf das Land lösen für die 20000 Mk., für
welche Herr Droyseke und Herr Reder dieselbe Herrn Heinrich
zum Pfande gesetzt hatten.

So von beiden Seiten aufgefordert, die märkischen
Lande zurückzugeben, that Heinrich einen letzten Schritt, um
seine Eroberungen zu erhalten. Er ließ durch den Schweriner
Canonicus Hellembert von Wisbek an den Papst die Bitte
richten, ihn mit der Mark, von der er schon einen großen
Theil besitze, zu belehnen. Zugleich wünschte er Auskunft
zu erhalten, wie der Papst mit Ludwig stehe. Jetzt also
neigte Heinrich dazu, Ludwig die Anerkennung als König zu
verweigern. Denn was anderes bedeutet die Frage, wie der
Papst mit Ludwig stehe, als daß Heinrich eventuell geneigt
sei, sich gegen Ludwig unter des päpstlichen Autorität zu erheben. Aber was im Anfange vielleicht gelungen wäre, war
jetzt zu spät. Heinrich fand für diesen Plan jetzt keine Verbündete mehr. Der Papst wäre dem Plane Heinrichs

durchaus nicht abgeneigt gewesen, wenn eben Heinrich durch
eine starke Bundesgenossenschaft die Garantie des Gelingens
geboten hätte. Das geht aus seiner Antwort vom 20. Febr.
deutlich hervor. Wir können, sagt er, die Belehnung nicht
vollziehen, weil wir nicht wissen, quid et qualiter obtines
in marchionatu. Auf das Glück eines Fürsten hin alles
auf's Spiel zu setzen, war nicht der römischen Klugheit an-
gemessen.

Da auch dieser letzte Versuch Heinrichs gescheitert war,
sah er sich gezwungen, mit Ludwig Frieden zu schließen.
Dies geschah am 24. Mai 1325, für Markgraf Ludwig
verhandelten die Grafen Günther und Ulrich von Lindow.
In diesem Vertrage wird folgendes bestimmt: Die Städte
und Lande Havelland, Perleberg, Neuhaus, Pritzwalk, Kyritz,
Meyenburg, Freienstein, Grabow, Friedrichsdorf, Seehausen
und Werben fallen an die Mark zurück; dafür zahlt der
Markgraf an Heinrich 8000 Mk. und er setzt hierfür zum
Pfande Grabow und Meyenburg; ist der bestimmte Theil
des Geldes im ersten Jahr nicht bezahlt, so wird auf jedes
100 8 Mark aufgeschlagen, wird es aber in den anderen
Jahren nicht bezahlt, so werden 10 Mk. auf 100 aufgeschlagen; Trägt der Markgraf das Geld binnen sechs Jahren
nicht ab, so fallen Grabow, Meyenburg und noch 16 andere
Ortschaften an Mecklenburg.

Ueber die Vogteien Jagow, Stolp und Liebenwalde
einigten sich die streitenden Parteien am 3. Juni desselben
Jahres. Die drei Vogteien fallen an die Mark zurück und
der Markgraf zahlt dafür an Heinrich 20 000 Mk. Wird
dies Geld am bestimmten Termin jedoch nicht bezahlt, so
fallen die Lande für immer an Mecklenburg.

So war denn der brandenburgische Erbfolgekrieg end-
gültig beendet. Heinrich war unterlegen. Er hatte zwar
eine große Geldsumme erhalten, aber konnte ihn dies ent-
schädigen für den Verlust so vieler Landschaften? Gewiß
nicht und Heinrich war auch in der That höchst unzufrieden
mit dem Abschluß des Krieges. Für den Augenblick mußte
er Frieden halten in dieser Sache, zumal er in den Rügenschen
Erbfolgekrieg hineingezogen wurde. Aber er behielt die
Wiedereroberung seiner märkischen Besitzungen im Auge.
Als am 15. Juli 1328 der Papst Rudolf von Sachsen,
Heinrich und die Fürsten von Werle aufforderte, Ludwig
von Baiern Widerstand zu leisten, entschloß sich Heinrich noch
einmal zum Kriege gegen die Mark. Am 15. November

schloß er mit den pommerschen Herzögen einen Vertrag auf gegenseitige Hülfe. Auch seine Gegner rüsteten sich. Am 16. November verbanden sich Johann von Holstein und Heinrich von Schwerin gegen ihn und am selben Tage schlossen Gerhard von Schleswig und Holstein, dänische Reichsverweser, und Heinrich von Schwerin einen Vertrag. Freilich diese Gegner wußte Heinrich zu trennen. Am 21. December vereinigte er sich mit Johann von Holstein dahin, daß sie ihre Streitigkeiten einem Schiedsgericht anvertrauen wollten, als dessen Obmann Graf Heinrich von Schwerin fungiren sollte. Aber die Mark anzugreifen, verhinderte ihn der Tod. Er starb am 21. Januar 1329 und ward in der Doberaner Kirche beigesetzt.

Heinrich der Löwe von Mecklenburg hat ein bewegtes Leben geführt, fast seine ganze Regierungszeit ist mit Kriegen ausgefüllt. Er strebte danach, sich im Norden Deutschlands eine dominirende Stellung zu erringen. Es gelang ihm dies nicht, weil die politische Lage der damaligen Zeit seinen Plänen nicht günstig war und vielleicht auch, weil ihm die Kunst der Staatsklugheit fehlte, den rechten Moment richtig zu erfassen. Aber dennoch hat er das große und bleibende Verdienst, die Lande Stargard und Rostock an sich gebracht zu haben. Er wird immer eine der glänzendsten Erscheinungen unter den mecklenburgischen Fürsten bleiben.

II.

Die Kriege Heinrichs des Löwen gegen Rostock und Wismar.

Wenn wir uns die Ursachen des Städtekrieges in Mecklenburg klar machen wollen, müssen wir zunächst einen Blick werfen auf die allgemeine Lage Deutschlands im 14. Jahrhundert. Denn die Kriege Heinrichs mit Wismar und Rostock sind keineswegs eine Einzelerscheinung. Sie stehen vielmehr im engsten Zusammenhang mit der allgemeinen deutschen Geschichte.

Das 14. Jahrhundert können wir mit einem Wort charakterisiren: es ist das Jahrhundert der Städtebündnisse und der Städtekriege gegen die fürstliche Gewalt.

In der Lombardei erhob sich zuerst das freie Bürgerthum und seit Kaiser Heinrich IV. begegnen wir hier Städtebündnissen, die noch oft genug die Pläne deutscher Kaiser scheitern machen sollten. Obwohl unter ungünstigeren Verhältnissen erstarkten doch auch die deutschen Städte allmählig zu bedeutender Kraft, sodaß die Fürsten mit ihnen als einem mächtigen Faktor zu rechnen hatten. Ja oft haben sie, wie unter Friedrich II., dem Kaiser seine Krone erhalten. Indessen trotzdem sie im allgemeinen weder von den Kaisern, vielweniger noch von den Fürsten unterstützt wurden und sich fast beständig in gefährdeter Lage befanden, brachten sie es dennoch nicht zu einer festen Vereinigung. Erst in der Mitte des 13. Jahrhunderts durchdrangen sie sich mit dem

Bei weitem der mächtigste Bund war die Hansa in Norddeutschland, deren Bundeshaupt die Stadt Lübeck wurde,. Sie umfaßt besonders die Städte längs der Ostseeküste obwohl auch viele Binnenstädte in derselben Aufnahme fanden.

Zu diesem Bunde gehörten auch die wendischen See= städte Wismar und Rostock, mit denen wir es hier zu thun haben.

Wenden wir uns zunächst Wismar zu.

Die Stadt Wismar ist eine sehr junge Schöpfung, denn im Jahre 1229 wurden zuerst die Bürger von Wismar in einer Urkunde des Fürsten Johann von Mecklenburg ge= nannt. Durch ihre äußerst günstige Lage schwang sie sich jedoch bald zu großer Blüthe empor, sodaß sie am Ende des 13. Jahrhunderts fast dieselbe Ausdehnung besaß wie in unserer Zeit. Das Gebiet, in dem die Stadt erbaut wurde, kam durch Theilung der Hinterlassenschaft Heinrich Borwin I. 1227 an Johann 1. von Mecklenburg, den man den Theo= logen nannte. Dieser residirte zuerst in der Burg Mecklen= burg, seit 1256 jedoch verlegte er seine Residenz nach Wismar. Seine Burg lag indessen nicht innerhalb Wismars selbst, sondern an der Peripherie der Stadt, und die Wismeraner schlossen dieselbe, als sie 1276 die Stadt mit einer Mauer umgaben, von der Stadt aus. Nach dem Tode Johanns des Theologen kam die Herrschaft an Heinrich 1. den Pilger, der eine Reihe von Jahren in der Gefangenschaft zu Kairo schmachtete. Während seiner Gefangenschaft hatte bereits sein Sohn Heinrich, später „der Löwe" zubenannt, die Herrschaft des Fürstenthums Mecklenburg angetreten. Damit sind wir in unsere Zeit gekommen.

Was nun die Rechtsverhältnisse der Stadt betrifft, so stand sie zuerst natürlich unter der Gerichtsbarkeit der mecklen= burgischen Fürsten, wenn auch die innere Verwaltung den Bürgern überlassen blieb. Einen bedeutenden Schritt zur Selbstständigkeit machte die Stadt aber schon im Jahre 1266. Denn um diese Zeit verlieh ihr Johann der Pilger das lübische Recht, wodurch die höhere Gerichtsbarkeit an den diejenigen, welche Kaufleute beraubten, in allen drei Städten für verfehdet gehalten werden sollten.

Wie stark die Hansa war, erhellt aus den Streitigkeiten mit Norwegen, die etwa um 1284 ausbrachen. Es hielten zusammen: Lübeck, Hamburg, Kiel, Wismar, Rostock, Stralsund, Greifswald, Demmin, Anclam, Stettin und sie setzten es durch, daß der König von Norwegen ihnen nicht nur Schadenersatz versprach, sondern ihnen auch eine Reihe von Privilegien erneuerte und gewährte. Da die Streitigkeiten sich jedoch erneuerten, schlossen die Städte Lübeck, Wismar, Rostock, Stralsund und Greifswald am 14. und 16. October 1293 ein Schutz- und Trutzbündniß und dies Bündniß ward am 9. Oktober 1296 auf drei Jahre verlängert. In dieser Erneuerung wurde eine sehr wichtige Bestimmung hinzugefügt. Die Städte verpflichteten sich, einander auch gegen ihre Landesherren zu Hilfe zu kommen, d. h. nicht mit Truppen, sondern nur durch Geldunterstützungen. Das war in der That eine weittragende Bestimmung, sie machte den Krieg zur Nothwendigkeit. Man sagte sich eigentlich von den Landesherren los und nahm nur gewisse Rücksichten auf sie. Ein solches Vorgehen konnten sich die Fürsten nicht gefallen lassen, ihre Ehre und Existenz forderte sie zur Niederwerfung der Städte auf. Es handelte sich nur darum, wann sich eine passende Gelegenheit bieten würde und vor allen Dingen, wann sie freie Hand zum Kampfe hätten. Indessen sollte sich der entscheidende Kampf noch eine Reihe von Jahren hinausschieben, denn Heinrich war in den nächsten Jahren in andere Streitigkeiten verwickelt und König Erich konnte ohne Heinrichs Hülfe den Kampf nicht aufnehmen.

Freilich schien es, als ob der Krieg schon um die Wende des Jahrhunderts zum Ausbruch kommen sollte. Heinrich sammelte im Jahre 1300 ein Heer gegen Wismar und die Geistlichkeit unterstützte ihn, indem sie die Stadt mit dem Banne belegte. Doch wurde der Streit diesmal noch gütlich beigelegt und zwar zu Gunsten der Stadt. Am 28. März 1300 kam ein Friede zu Stande, dessen wichtigste Bestimmungen folgende sind:

„Die Fürsten verkaufen der Stadt die vor derselben gelegene Burg für 6000 Mk. Dafür erhalten sie einen Platz innerhalb der Stadt zur Erbauung einer neuen Burg, die jedoch nicht befestigt werden darf. Die Fürsten dürfen

ferner nie eine Befestigung außerhalb der Stadt gegen dieselbe anlegen."

Bei Vermittelung dieses Friedens scheint auch Lübeck
betheiligt gewesen zu sein, denn drei Lübecker Rathsherren
haben das Instrument unterschrieben, es sind dies Johannes
Runese, Sifridus de Bocholte und Johannes Keyser. Diese
Friedensurkunde vom 28. März gewährt uns einen tiefen
Einblick in das schlechte Verhältniß Wismars zu seinem
Landesherren und zeigt uns, daß Heinrich der Stadt mit
Recht bitter grollte. Denn der Ausdruck „ex nuptiarum
nostrarum in ciuitate prohibitione" besagt, daß die Stadt
schon vor dem Jahre 1300 dem Fürsten Heinrich verweigert
hatte, Hochzeit in ihren Mauern zu halten. Dies kann sich
nur auf seine eigene Hochzeit mit Beatrix, der Tochter des
Markgrafen Albrecht von Brandenburg, beziehen. Nicht
weniger schwer waren andere Vergehen der Wismaraner gegen
ihren Landesherren, denn wie es in dem Vertrage weiter
heißt, fühlte sich Heinrich ferner gekränkt „empcione vil-
larum Dorsten et Darghetzowe, muri constructione,
castri exclusione, ciuitatis minoracione Judeorum ex-
pul(i)cione, aduocati uinculorum mancipacione und
anderes, was nicht einzeln aufgeführt wird. Jedoch alle
diese Beschwerden sollten durch den Frieden vom 28. März
als abgethan betrachtet werden.

Ueber das Verhältniß Heinrichs zu seiner Stadt
Wismar in der nächsten Zeit wissen wir nur sehr wenig,
denn nur wenige Urkunden vermögen uns Aufschluß zu
geben. Ein gutes war es nicht und konnte es auch nicht
sein, aber zu einem offenen Bruch kam es in den nächsten
Jahren nicht.

Als Schiedsrichter zwischen wismarschen Bürgern und
deren Gegnern erscheint Heinrich in einer Urkunde vom
31. März 1306. Es war ein Streit ausgebrochen zwischen
dem Ritter Hyno von Strahlendorf und den Bürgern Rikeland, in dem Theodoricus Rikeland gefallen zu sein scheint.
Diesen Streit entscheidet Heinrich und es heißt an der betreffenden Stelle: „nobilissimus vir dominus Hinricus
Magnopolensis grauem discordiam inter suos subditos
exortam pacificavit."

Eine zweite auf Wismar bezügliche Urkunde fällt in
das Ende des Jahres 1306 oder in den Anfang des Jahres
1307. Der Graf Gerhard von Holstein nämlich war mit
der Stadt Lübeck in Streit gerathen und Heinrich von

Mecklenburg unterstützte ihn in diesem Kampfe. Nachdem Heinrich die Lübecker selbst bereits zum Frieden ermahnt hatte, stellte er das Ansuchen an den Rath von Wismar, die Stadt Lübeck aufzufordern, sich mit dem Grafen von Holstein zu versöhnen und Schadenersatz an den Grafen zu leisten. Dem Rath mußte diese Bitte sehr unangenehm sein, da er so eng mit Lübeck verbunden war. Indessen bequemte er sich in letztgenannter Urkunde doch zu dem gewünschten Ersuchen, freilich in einer Ausdrucksweise, die den Lübeckern die Bitte keineswegs als dringend an das Herz legte. Zuerst nämlich erzählt der Rath, daß er das Ersuchen stelle auf Bitten Heinrichs, womit die Mahnung überhaupt als hinfällig erscheint, dann fährt er fort: „consulimus itaque bona fide, in quantum consulere possumus et audemus si competentem sonam habere possitis, quod eam acceptetis, quia nichil est mercatori melius nisi pacis et ueritatis incrementum." In der That, kälter und reservirter kann man eine Bitte nicht vortragen. Doch noch mehr. Um dieselbe Zeit ließ der Rath zu Wismar dem Rathe zu Lübeck offiziell seine Theilnahme über die Bedrängnisse der Stadt bezeugen.

Wir ersehen aber aus dieser Urkunde, daß das Verhältniß zwischen Heinrich und Wismar gleichsam ein in der Schwebe hängendes war. Keiner wollte den Bruch beginnen oder war es vielleicht die Absicht Heinrichs, durch diesen heiklen Auftrag eine Entscheidung herbeizuführen, indem er meinte, entweder die Wismaraner mit den Lübeckern zu verfeinden oder die Stadt Wismar zu offenem Ungehorsam zu veranlassen? Jedenfalls hat der Rath von Wismar nach allen Seiten hin einen äußerst klugen Ausweg gefunden.*)

Die Seestädte verkannten keineswegs die gewitterschwüle Situation. Sie trauten dem augenblicklichen Frieden nicht und trafen kluger Weise ihre Vorkehrungen. Im Jahre 1308 kamen die Abgeordneten der Städte Greifswald, Rostock, Wismar, Stralsund zusammen und schlossen ein Schutz-

---

*) Eine dritte Urkunde Wismar betreffend haben wir vom 28. Mai 1308 erhalten. In dieser verkauft Heinrich die Stadt für 1200 Mk. die Vogtei (aduocaciam) daselbst.
Ferner am 9. August 1309 verkaufte Heinrich der Stadt die Fischerei im Alt-Wismarschen Mühlenteiche für 60 Mk.
Es scheint also wieder einmal Mangel in der Kasse Heinrichs eingetreten zu sein.

bündniß auf fünf Jahre. Dies Bündniß beurkundete die Stadt Greifswald am 7. December 1308, die Stadt Rostock am 20. December desselben Jahres. Die Städte verpflichteten sich, einander in jeder Gefahr zu unterstützen zu Wasser und zu Lande und zwar stellt Wismar 28, Rostock aber 70 Streitrosse. Wer ohne sein Ausbleiben mit triftigen Gründen entschuldigen zu können, zu einem angegebenen Termine nicht erscheint, verfällt in eine Strafe von 100 Mk. Wenn ein Fürst oder Landesherr eine Stadt angreift, so dürfen die Verbündeten diesen auf keine Weise unterstützen bei einer Strafe von 100 Mk. Wer von der Conföderation abfällt, zahlt eine Strafe von 500 Mk. reinen Silbers.

Im selben Jahre fand ein Colloquium statt zwischen Wismar, Rostock, Stralsund, Greifswald, Colberg, Greifen= berg, Gollnow, Demmin, Treptow, Stargard, Grimmen, Triebsees, Barth und Loitz. Diese Zusammenkunft betraf wohl ebenfalls eine Conföderation, die Beschlüsse jedoch sind uns nicht aufbewahrt.

Noch einmal ward dies Bündniß erneuert am 14. August 1310 zu Rostock. Hier verpflichtete sich auch Lübeck zum Bunde, jedoch mit der ausdrücklichen Bestimmung, daß es nicht gehalten sein solle, gegen den König von Dänemark zu kriegen.

Von einer früheren Verbindung der Ostseestädte be= richtet noch Detmar zum Jahre 1310, wo es heißt: „oc vorbunden sic de sulven stede to anderen groten Saken unde leten de van Lubeke dare butene", und dann führt er das zu Rostock abgeschlossene Bündniß an indem er fort= fährt: „Darna quemen de boden der van Lubeke mit der anderen stede boden tosamende binnen Rostock" u. s. w. Wann diese Zusammenkunft gewesen ist, läßt sich nicht näher bestimmen, jedoch muß sie natürlich vor der Zu= sammenkunft vom 14. August stattgefunden haben.

So waren denn die Städte keineswegs unvorbereitet auf den Angriff, der schon im nächsten Jahre erfolgte.

Die Zwietracht zwischen der fürstlichen Gewalt und den Städten war ja nach dem, was ich oben dargelegt, eine sehr alte. Um den offenen Krieg zu entflammen, bedurfte es aber noch eines äußeren Anlasses. Dieser bot sich im Jahre 1310 dar. Heinrich hatte nämlich am 11. August 1307 seine Tochter Mechthild mit Otto, Sohn des Herzogs Otto von Braunschweig=Lüneburg, verlobt und er wünschte, daß die Hochzeit jetzt im Jahre 1310 in Wismar gehalten werden sollte. Jedoch der Rath von Wismar vereitelte diese Absicht. Er ließ Heinrich wissen, die Stadt könne die Abhaltung der Hochzeit innerhalb ihrer Mauern nicht dulden, da durch die Masse des zulaufenden Volkes die Ruhe und Ordnung gestört werden möchte. Es war dies natürlich nur ein Vorwand, in der That fürchtete man, daß Heinrich die Gelegenheit zu einem Gewaltakt benutzen möchte. Heinrich durchschaute die Absicht gar wohl, aber ungerüstet wie er war, mußte er gute Miene zum bösen Spiel machen. Er verlegte die Hochzeit seiner Tochter nach Sternberg. Schwer erzürnt war er über den Hochmuth der Bürger und er überlegte schon hier in Sternberg mit den anwesenden Fürsten und Herren, wie er Wismar züchtigen möchte.

Einen mächtigen Bundesgenossen gewann Heinrich an dem König von Dänemark. König Erich hielt nach dem Pfingstfest 1311 vor Rostock eine glänzende Versammlung ab und hier versprachen sich beide Hülfe gegen die übermüthigen Städte Rostock und Wismar.

Bereits am 11. Juli*) erschien Heinrich mit großer Heeresmacht vor Wismar. Um den Bürgern den Ausgang zu Lande zu versperren, erbaute er zwei Burgen, Vlote und Halebaud genannt, die Zufuhr zu Wasser aber wurde durch eine Anzahl dänischer Schiffe abgeschnitten.

Die Einschließung zu Wasser wurde jedoch bald aufgehoben durch eine Anzahl Schiffe, die Lübeck, Rostock und Stralsund den bedrängten Wismaranern zu Hülfe sandten. So erzählt Kirchberg. Doch ist diese Nachricht wohl kaum richtig. Denn sie geht theils gegen den ausdrücklichen Bericht Detmars, daß Lübeck an den Händeln gegen den König von Dänemark nicht betheiligt gewesen sei, theils gegen den Wortlaut des Bündnisses vom 9. August 1310, wo es heißt: „sed ciuitas Lubicensis contra gloriosum Dominum regem Dacie hiis durantibus nichil penitus attemptabit." Freilich ging es nicht gegen den Wortlaut des Bündnisses, wenn Lübeck die bedrängte Stadt mit Geld unterstützte. Und dies geschah denn auch in der That. Denn in einer Urkunde vom 9. August 1311 bekennen Rath und Gemeinde der Stadt Wismar, von der Stadt Lübeck

---

*) Nicht am 7. Juli, wie man bei Boll liest. Denn Kirchberg sagt: Dy stad wart uf den Tag berant santi Kylianis abint recht irkant, Dem St. Kilian war aber nicht der 8., sondern der 12. Juli geweiht (s. Orden. eccl. Suer.).

1000 Mk. wendische Pfennige angeliehen zu haben und ver=
sprechen, dieselben Weihnacht über ein Jahr zurückzuzahlen.
Ebenfalls eine Anleihe Wismars finden wir in dem ältesten
Kämmereibuch der Stadt Lübeck verzeichnet, wo sich die ge=
liehene Summe jedoch auf 1500 Mk. beläuft. Ob dies eine
neue Anleihe war oder ob sie mit der ersten zusammenhing,
habe ich nicht zu konstatiren vermocht.*)

Auch die Stadt Rostock sandte Schiffe zu Hülfe nach
Wismar, wie Kirchberg erzählt, und König Erich ließ die
Rostocker deshalb auffordern, seine Feinde nicht zu unter=
stützen, sondern vielmehr ihm behülflich zu sein. Doch auch
diese Nachricht Kirchbergs ist nicht zweifellos.**) Am Ende
des Jahres 1311 oder am Anfang von 1312 ließ Erich ein
Manifest ergehen, in dem er seine Beschwerden gegen Rostock
öffentlich niederlegte.

Die Beschwerden werden hierin einzeln aufgezählt, aber
von einer Hülfeleistung Rostocks an Wismar findet sich keine
Spur. Und doch wäre dies ein außerordentliches Argument
gegen Rostock gewesen. Zwar kennen wir dieses Manifest
nur durch Huitfeld's Überlieferung, indessen ist nicht anzu=
nehmen, daß eine so wichtige Thatsache übergangen sein sollte.
Auch ist es wohl erklärlich, daß Rostock mit seiner Hülfe
zurückhielt. Denn wenn es den Krieg mit Erich nicht direct
provociren wollte, mußte es auf die Hülfeleistung verzichten.
So bleibt denn nur Stralsund allein als diejenige Stadt,
die Wismar mit der That unterstützte.

Als die Einschließung der Stadt zu Wasser seitens der
Wismarschen durchbrochen war, gedachte Heinrich der Be=
lagerung durch einen Sturm ein schnelles Ende zu machen.
Der Sturm wurde jedoch von den Bürgern mit großer
Tapferkeit abgeschlagen. Dieser Erfolg aber machte die
Bürger übermüthig und unvorsichtig. Sie folgten eines
Tages den weichenden Mecklenburgern allzuweit und erlitten,
als es zum Kampfe kam, eine vollständige Niederlage.

---

*) Eine andere Anleihe machte Wismar bei dem Kloster Neu=
kloster. Denn am 29. Januar 1312 bekennt Rath und Gemeinde der
Stadt, dem Kloster 347 ½ Mk. schuldig zu sein.
**) Nach Vollendung der vorliegenden Arbeit erschien im Gym=
nasialprogr. Rost. 1888 die Abhandlung des Herrn Dr. Lange:
Rostocker Verfassungskämpfe u. s. w. In den meisten Punkten mit
dem Verfasser übereinstimmend, verwerfe ich doch auch jetzt noch die
Hülfeleistung der Rostocker an die Wismaraner, die Dr. Lange S. 6
annimmt.

Nun entsank den Wismarschen der Muth und unter Vermittelung des Herzogs Waldemar von Schleswig und Nicolaus von Werle kam am 22. November ein vorläufiger Friede zu Stande, der am 15. December 1311 definitiv abgeschlossen wurde. Die Hauptbedingungen dieses Friedens sind folgende:

1) Die Wismarschen sollen Heinrich los und lebig lassen von der Schuld, für welche er sich mit einigen seiner Mannen und mit Nicolaus von Werle verbürgt hat.

2) Die Mühlen, die Heinrich der Stadt einst für 1500 Mk. überlassen hatte, bekommt er mit denselben Rechten zurück, wie er sie früher besessen.

3) Die fürstliche Vogtei und der Zoll werden wieder hergestellt.

4) Sechs Judenfamilien sollen dasselbe Recht genießen wie unter Heinrichs Vorgängern.

5) Die aduocati, molendinarii, thelonarii, Judei und andere fürstliche Offiziale wird Heinrich, wenn sie sich „in suis officiis" vergangen haben, nach seinem Rechte richten; wenn sie sich „extra sua officia" vergangen haben, sollen sie von dem fürstlichen Vogt zusammen mit dem Rath gerichtet werden.

6) Die Stadt kann ihren Verbündeten Hülfe leisten: in aquis maris et portubus cum quadam navi dicta kogge et botone et cum una snika et botone ac intra muros et municionibus (-nes) ipsorum ipsis impendere subsidium pariter et iuvamen. Wenn die Stadt jedoch bei solcher Hülfeleistung Schaden erleidet, darf sie keine Forderung an den Landesfürsten stellen.

7) Heinrich bestätigt der Stadt alle Privilegien und Freiheiten und die Stadt bewahrt ihrem Fürsten Treue sicut uir suo domino de iure tenetur.

Etwas abweichend von dieser urkundlichen Überlieferung giebt Kirchberg die Friedensbedingungen. Er hat nämlich noch folgende Bestimmungen:

1) Der Rath der Stadt Wismar soll schwören, daß er dem Fürsten Heinrich nicht aus Böswilligkeit oder Haß im Jahre 1310 die Thore geschlossen, sondern in der Besorgniß, daß die Stadt durch

Verrath in die Hand eines fremden Fürsten
käme, der mächtiger wäre als ihr Herr.

2) Heinrich behält die Schlüssel zum mecklenburgischen
Thore, so daß er bei Tag und bei Nacht frei
aus- und eingehen kann, bis dahin, daß er seine
Burg, die von den Rostockern (?) zerbrochen war,
wieder aufgebaut hätte.

Ich stimme den Herausgebern der Urkundenbücher bei
in der Vermuthung, daß wir hier bei Kirchberg nicht das
Friedensinstrument selbst haben, sondern vielmehr Präliminarien
zu demselben, zumal bei ihm diese Bedingungen am
22. November festgestellt sein sollen. Als Grund hierfür
möchte ich folgendes geltend machen. Als Heinrich die Stadt
bezwungen hatte, dachte er natürlich an eine möglichst harte
Bestrafung derselben. Daraus erklären sich die um so viel
härteren Bestimmungen vom 22. November. Gleich darauf
nun wurde Heinrich in einen bei weitem heftigeren Krieg
mit Rostock verwickelt und daher, um nicht mit zwei Städten
zugleich Krieg führen zu müssen, ließ er in seinen Forderungen
gegen Wismar nach.

So war eine der Seestädte gedemüthigt, jetzt kam die
Reihe an Rostock.

Fast von der Gründung der Stadt an hat Dänemark
in den Rostockischen Angelegenheiten eine bedeutende Rolle
gespielt. Im Jahre 1160 wird die Burg Rostock zuerst
erwähnt und zwar wurde sie in diesem Jahre von Waldemar
von Dänemark im Bunde mit Heinrich dem Löwen
zerstört. Pribislav, Niclots Sohn, erhielt 1166 seines
Vaters Lande zurück und erbaute die Burg von Neuem.
Nach seinem Tode im Jahre 1178 aber brach ein verderblicher
Krieg aus zwischen seinem Sohne Heinrich Borwin
und dessen Vetter Niclot, dem Sohne Wratislaws. Im
Laufe des Kampfes geriethen beide in dänische Gefangenschaft
und sie erhielten ihre Freiheit nur unter der Bedingung,
daß sie ihr Land vom Dänenkönig Knud zu Lehen nahmen.
So hatte denn Dänemark das erreicht, was es von Anfang
an erstrebte; es sah einen politisch wie kommerciell wichtigen
Platz in seinen Händen. Denn Niclot, dem bei der Theilung
Rostock zugefallen war, wandte sein ganzes Interesse den
deutschen Einwanderern zu und um jene Burg, die er auf
der Höhe des heutigen „alten Marktes“ anlegen ließ, regte
sich bald das geschäftige Treiben deutscher Einwanderer, die
so den Grundstock des Rostocker Bürgerthums bildeten.

Die dänische Herrschaft war den mecklenburgischen Fürsten nicht weniger verhaßt wie den Rostockern selbst und es war für beide ein Tag der Freude, als der Graf Heinrich von Schwerin den Dänenkönig Waldemar gefangen nahm. Doch die ersehnte Erlösung brachte diese That der Stadt Rostock nicht, denn erst durch die Schlacht bei Bornhövd am 22. Juli 1227 ward die Oberlehnsherrlichkeit des Dänenkönigs aufgehoben.

Bis dahin bildete Rostock keine eigene Herrschaft, sondern gehörte zu Mecklenburg. Aber in den ersten Jahren nach dem Tode Borwins I. und Borwins II. ward eine Landestheilung vorgenommen. Johann und Pribislav erscheinen im Jahre 1231 als Fürsten von Mecklenburg, Nicolaus und Heinrich als Fürsten von Rostock. Später scheint Nicolaus seinen Theil an Rostock abgetreten zu haben, sodaß Heinrich Borwin III. alleiniger Herr von Rostock wurde.

Die Gerechtsame der Stadt waren sehr groß. Schon im Jahre 1218 hatte Heinrich Borwin I. der Stadt das lübische Recht verliehen und seine Nachfolger fügten eine Reihe von Schenkungen und Privilegien hinzu. Seit dem Jahre 1262 bezogen die Fürsten aus der Stadt nur eine Bede von 250 Mk., alle Steuern und sonstige Abgaben lagen in der Hand des Rathes. Die richterliche Gewalt hatten zwar Anfangs die fürstlichen Vögte, aber mit der Erstarkung der Stadt traten diese immer mehr zurück gegen den städtischen Rath, bis endlich am 29. November 1358 Herzog Albrecht II. den Rostockern für 2000 Mk. das Gericht und die Gerichtsbarkeit zu Rostock innerhalb und außerhalb der Stadt, zu Lande und zu Meere, „soweit sich ihre Markscheiden erstreckten", abtrat.

Die Macht und das Selbstbewußtsein der Rostocker beruhte vornehmlich auf dem Städtebund, dessen Haupt Lübeck war. In allen Urkunden, die wir bei der Geschichte Wismars zu erwähnen Gelegenheit hatten, finden wir auch Rostock genannt und mit Lübeck, Stralsund, Greifswald und Wismar bildete es eine festgeschlossene Vereinigung. Wie groß das Ansehen Rostocks war, geht unter Anderem auch aus einer Urkunde vom 15. August 1303 hervor. Denn in derselben wenden sich Aldermann und Bruder der Hansa der Deutschen in England gerade an Rostock mit dem Gesuch, ihnen zur Aufrechterhaltung des Handelsverbotes in Bezug auf Lyne Beihülfe zu leisten.

Die verbündeten Städte hatten zwar keine Auslieferungs=
verträge in modernem Sinne, doch wurde in den Bündnissen
festgesetzt, daß Verbrecher, die in einer Stadt sich vergangen,
nicht in den anderen Schutz finden sollten. Daß dies ge=
halten wurde, ersehen wir aus einer Urkunde des Jahres
1309, in der Peter Woke wegen Untreue gegen die Stadt
Lübeck aus Rostock verwiesen wird.

So stand Rostock seit einer Reihe von Jahren als ein
mächtiger, ja fast unabhängiger Staat da, und es ist nicht
zu verwundern, daß es am Anfang des 14. Jahrhunderts
wieder unter dänische Herrschaft gerathen, die größten
Anstrengungen machte, sich der Oberhoheit des dänischen
Königs zu entziehen.

Ihre Freiheit aber verloren die Rostocker in fol=
gender Weise.

Nicolaus das Kind von Rostock, hatte sich verlobt
mit Margarethe, der Tochter des Markgrafen Albrecht und
Wittwe des 1296 erschlagenen Przemislav von Gnesen. Er
vollzog diese Verbindung jedoch nicht, sondern vermählte sich
mit der Tochter des Herzogs Boguslav von Wolgast. Des=
wegen rückten die brandenburgischen Markgrafen vor Rostock
und zwangen die Stadt, den Frieden mit großem Gelde zu
erkaufen. Während sich nun die Markgrafen gegen Witzlav
von Rügen, den Verbündeten des Nicolaus, wandten, schöpften
die Rostocker neuen Muth und erklärten den Frieden für
nichtig.*) Nicolaus aber von seinen Vasallen und dem
Rostocker Rath gedrängt gab sich und sein Land im Jahr 1301
in die Oberlehnsherrlichkeit des dänischen Königs.**) Hiermit

---

*) Detmar berichtet a. a. 1300: do sette sie de menheit
weder den Rath unde dreven ute der stat ratmanne, de se dar
ane vordachten.

**) Kirchberg berichtet, Nicolaus habe sein Land auf Anrathen
der Rostocker und seiner Vasallen unter die Oberlehnsherrlichkeit
König Erichs gestellt und setzt dies Factum fälschlich in das Jahr
1290, während urkundlich erst seit 1301 Regierungshandlungen Erichs
nachzuweisen sind. Dagegen erzählt die Rostocker Chronik, daß die
Rostocker Erich zum Vormund über Nicolaus eingesetzt hätten, indem
wir dort lesen: „do se en (den König) koren tho einem vor=
munder des Kindes van Rostock", und ebenso die Doberaner Genea=
logie (Mecklenb. Jahrb. XI., S. 14): cui (dem Nicolaus) consules
de Rozstock et vasalli eius statuerunt tutorem illustrem prin=
cipem dominum Ericum regem Dacie.

Aus diesen (theilweise von einander abhängigen) Nachrichten
kann man wohl mit Wahrscheinlichkeit entnehmen, daß die Vasallen

waren aber die Mecklenburger und Werle, die ihre Anrechte
an Rostock zu verlieren fürchteten, so wenig zufrieden, daß
sie einen Krieg gegen Dänemark begannen. Wie wir aus
dem Schwaaner Frieden ersehen, waren mit Nicolaus von
Werle und den Heinrichen von Mecklenburg (dem älteren
und dem jüngeren) verbündet: Markgraf Herrmann von
Brandenburg, Bogislav und Otto von Stettin, Gunzelin
von Schwerin, Johann und Albrecht von Sachsen und endlich
Bischof Gottfried von Schwerin. Jedoch der Kampf fiel
unglücklich für sie aus und sie mußten am 22. Juli 1301
den Frieden zu Schwaan schließen. Von diesem Frieden
ist uns nichts erhalten, nur einige Kunde haben wir von
ihm durch eine Urkunde vom 1. August 1301, in der Nicolaus von Werle gelobt, diesen Schwaaner Frieden zu
halten. Zwar machten die brandenburgischen Markgrafen,
Nicolaus von Werle und Heinrich von Mecklenburg im
Jahre 1305 noch einmal einen Versuch, Rostock den Dänen
zu entreißen, indem sie Anfangs dieses Jahres ein Bündniß
schlossen zur Wiedereinsetzung des Fürsten Nicolaus von
Rostock. Da wir aber nichts weiter von diesem Bündniß
hören, ist es wohl nicht zu irgend einer Unternehmung
gekommen.

So war denn alles wieder verloren, was am Anfang
des vorigen Jahrhunderts mit so viel Tapferkeit und Blut
erworben war. Hatten die Dänen damals nur ihre Oberlehnsherrlichkeit geltend gemacht, so besaßen sie jetzt bei der
Schwäche des Fürsten Nicolaus das Land Rostock factisch
als Eigenthum. Wie unendlich tief mußte das Verhältniß
den stolzen Muth der Rostocker Bürger verwunden. Sie,
die früher sich gegen die Lehnsabhängigkeit von Dänemark
gesträubt hatten, waren jetzt seine Unterthanen. Kein Wunder,
wenn sie sich nach wenigen Jahren zu Thaten hinreißen

---

und der Rostocker Rath, der sich ja auch später dänisch gesonnen zeigte,
dem Nicolaus zu dieser Unternehmung riethen. Die ann. Lub.
berichten einfach n. a. 1300: eodem anno Nicholaus dominus de
Rotstocke ex instinctu quorundam vasallorum suorum resignavit
Erico regi Danorum civitatem Roztock et totam terram suam
et factus est homo regis propter auxilium ab eo habendum contra
marchiones Brandenburgenses etc.; ferner Detmar: Do wart
deme sulven junghen heren van Rostoke raden (von Witzlav von
Rügen), dat he de stadt unde sin land alle let up deme Koning

ließen, die man allein als den Ausfluß einer demagogischen Partei hingestellt hat. Freilich demagogische Führer, wie Heinrich Runge, standen an der Spitze, aber daß sich das Volk zu solcher Grausamkeit hinreißen ließ, erklärt sich zum großen Theil aus jener tiefen Demüthigung, die die Rostocker erfahren hatten.

Die Bürgerschaft war im Anfang auch keineswegs geneigt, das dänische Joch auf sich zu nehmen. Eine geschichtliche Überlieferung von diesem Widerstand der Stadt haben wir zwar nicht, indessen kann man diese Thatsache aus einer Urkunde vom 26. August 1302 schließen. In derselben verbinden sich nämlich Waldemar von Süd-Jütland, Erich von Langeland, Witzlav von Rügen, Gerhard von Holstein nebst seinen Brudersöhnen Adolf und Johann, Nicolaus von Werle, Heinrich von Mecklenburg, die Markgrafen Otto und Konrad von Brandenburg mit König Erich von Dänemark zum Austrag etwaiger Streitigkeiten, zum Beistand gegen fremde Beeinträchtigung und zu völliger Unterwerfung der Stadt Rostock unter Dänemark gemäß dem Abschiede und den Briefen, welche zwischen Erich und Nicolaus von Rostock ergangen sind. Diesem gewaltigen Bündniß gegenüber entsank den Rostockern der Muth und sie verschoben ihre Losreißung von Dänemark auf eine geeignete Zeit. Von dieser Unterwerfung der Rostocker haben wir auch keine bestimmte Kenntniß. Indessen muß sie noch vor Ausgang des Jahres 1302 geschehen sein, denn am 20. November 1302 stellte Erich der Stadt eine Schuldverschreibung aus auf 15 000 Mark, welche sie von dem Fürsten Nicolaus von Rostock zu fordern hatte. Diese Schuldverschreibung, für die eine sehr große Zahl von Rittern und Vasallen Bürgschaft leisten, läßt auf eine Wiederherstellung des guten Einverständnisses zwischen Erich und Rostock schließen.

Es trat nun ein recht sonderbares Verhältniß in der Regierung des Rostocker Landes ein. Nicolaus hatte sein Land eigentlich ja nur von den Dänen zu Lehen genommen, aber bei seiner Schwäche trat der Dänenkönig gleich Anfangs mehr als Regent auf, denn als Lehnsherr. Vollends allen Einfluß verlor Nicolaus, als jene zu seinen Gunsten geschehene Coalition der Mecklenburger und Werle einen so ungünstigen Verlauf nahm und die oben erwähnte erste Auflehnung der Rostocker unterbrückt war. Der König setzte einen Hauptmann in Rostock ein, der in seinem Namen das Land regierte. Als ein solcher Landeshauptmann oder capitaneus, wie er sich nannte, erschien im Jahre 1305 Esger Apsun, der am 5. Juni 1305 einigen Rostocker Bürgern Hebungen aus Kl.-Kussewitz verleiht. Wir ersehen also aus dieser Urkunde, daß der Hauptmann nicht nur der militärische Befehlshaber war, sondern im Allgemeinen der Regent des Landes. Zum zweiten Male begegnen wir einem dänischen Kapitän in einer Urkunde aus den Jahren 1307 oder 1308. Derselbe nennt sich Thymmo Laurenzson und fordert in dieser Urkunde die Lübecker auf, die vertragsmäßige Zerstörung der Befestigungen auf dem Prival zu vollziehen. Nicolaus von Rostock scheint für den König von Dänemark gar nicht mehr zu existiren. In den von ihm ausgestellten Urkunden behandelt er den Nicolaus entweder als depossedirten Fürsten oder er ignorirt ihn ganz.

Am 29. April 1304 nimmt der König das Kloster Doberan in seinen Schutz und bestätigt demselben seinen Besitz in der Herrschaft Rostock. Hier heißt es: Wir bestätigen dem Kloster alle Rechte, wie sie verliehen worden sind a domino Borwino, Waldemaro, Nicholao ceterisque predecessoribus nostris in dominio Rostokiensi. Die Herrschaft des Nicolaus gehört also für den Dänenkönig der Vergangenheit an.

Am 2. Mai 1304 bestätigt Erich dem Kloster z. h. Kreuz den Ankauf des Dorfes Bandow, ohne Nicolaus zu erwähnen.

In einer Urkunde vom 23. Juni 1305, in der Nicolaus von Werle dem Kloster Dargun mehrere Dörfer verleiht, heißt es: Verum quia medietas dicte proprietatis ad dominium Rozstok, cui nunc dominus rex Danorum dominatur, sodaß Nicolaus also ebenfalls ganz übergangen wird.

Am 20. April 1310 verkauft Erich dem Rostocker Bürger Bernhard Kopmann die Einkünfte aus den Wassermühlen zu Ribnitz mit der Fischerei und anderen Gerechtsamen und er bemerkt in dieser Urkunde: sicut nos habuimus et nobilis dominus Nicolaus de Rostock possederat, ein bedeutungsvolles Plusquamperfectum.

So sah der Dänenkönig die Sache an und er konnte sie so ansehen, weil er die Macht hatte. Bei weitem anderer Meinung war natürlich Nicolaus von Rostock selbst. Er sah sich keineswegs als depossedirten Fürsten an, sondern er hielt sein gutes Recht, wenigstens mit Worten, voll und ganz aufrecht. Nach wie vor nannte er sich Nicolaus dei gratia Herr von Rostock, nach wie vor nahm er, wenigstens bis zum Jahre 1312, Verleihungen vor.

So beurkundete er am 11. Juni 1301 dem Kloster Doberan das Eigenthum des Dorfes Kritzemow, welches es vom Ritter Matthäus von Axekow gekauft hatte, mit den üblichen Freiheiten der Klostergüter. Aber diese Verleihung war schon am 4. Juni desselben Jahres von König Erich vorgenommen worden. Unterschrieben sind beide Urkunden von denselben Zeugen. Das geschah noch vor dem unglück-lichen Schwaaner Frieden.

Am 28. April 1308 verlieh er dem Rostocker Bürger Heinr. Bernewin die Fischerei auf der Warnow zwischen Rostock und Schwaan. Aber diese Verleihung muß wohl nicht von großem Eindruck gewesen sein, denn am 14. August desselben Jahres nahm der König die Verleihung noch einmal vor und was die Hauptsache ist, ohne jede Rücksicht auf die vorherige Verleihung Seitens des Nicolaus. Vielmehr heißt es in der Urkunde des Königs: „totam piscaturam nos-tram inter Rozstok et Sywan, sicut Nicolaus dominus de Rozstok, cognatus noster, prius tenuerat et nos postmodum, concedimus."

Am 12. Juni verlieh ferner Nicolaus an Schwaan sechs Hufen Landes, freie Fischerei auf der Warnow und das Recht seiner anderen Städte. Aber wo waren seine anderen Städte?

Am 15. October 1312 trat er dem Rostocker Bürger Heinr. Schwetzin eine Wiese an der Warnow zwischen Rostock und Dierkow mit den Heringshäusern ab. Es wird mit diesen Verleihungen nicht anders gegangen sein, als mit der vom 28. April 1308. König Erich machte sich aus solchen Sachen nichts, ja, er gestattete sogar, daß Nicolaus seine Wohnung in Rostock selbst behielt. Wahrlich ein stärkeres Zeichen seiner Geringschätzung konnte er dem Nicolaus nicht geben. Etwas mehr wollte es schon sagen, daß die dänische Herrschaft auch von den meisten benachbarten Fürsten nicht anerkannt wurde. Wir ersehen dies aus dem fehlgeschlagenen Unternehmen des Jahres 1305, aber nicht weniger aus einer Urkunde vom 20. Februar 1311. Hierin bezeugt Heinrich von Mecklenburg, daß er die durch Erich geschehene Ver-leihung des Dorfes Sanitz an den Rostocker Bürger Bern-hard Kopmann nach eingeholter Erlaubniß des Fürsten Nicolaus, gutheißen will. Also nach eingeholter Erlaubniß des Fürsteu Nicolaus, was heißt das anders, als daß er Nicolaus ein

Anrecht an der Verleihung vindicirt, daß er ihn noch als
Herrn des Rostocker Landes angesehen wissen will?

Über das Verhältniß Erichs zu Rostock in den nächsten
Jahren geben nur wenig Urkunden Aufschluß. Immerhin
ersehen wir aus denselben, daß er den Rostockern ein milder
Herr war, daß er alles that, um die Bürger an seine
Herrschaft zu gewöhnen.

Am 12. 14. Februar 1302 ersuchten die Rathmänner
zu Zütphen, Doesburg, Harderwyk und Nimwegen den König
Erich, die Kaufleute aus den wendischen Seestädten, sowie
die aus der Grafschaft Geldern und dem Utrechter Sprengel
gegen Gewaltthätigkeiten in seinem Reiche, namentlich aber
gegen die Ausübung des Strandrechtes von Seiten seiner
Vögte zu schützen. Diese Bitte wiederholten die Rostocker
selbst noch einmal und am 18. Mai 1305 ertheilte König
Erich denn auch den Rostockern und allen Kaufleuten, welche
die Ostsee befahren, Befreiung vom Strandrecht in seinem
ganzen Reiche.

In mannigfachen Streitigkeiten Rostocks mit anderen
Fürsten tritt Erich als Vermittler für die Stadt auf. Am
17. December 1310 schließt er mit Waldemar und Erich,
Herzöge von Schleswig, einen Vertrag, in dem bestimmt
wird, daß diese Fürsten einen Schuldbrief der Stadt Rostock
herausgeben, wenn die Bürger ihre Schadenansprüche wegen
der von Maltzan aufgeben. In ähnlicher Weise versöhnte
der König am 18. December 1310 die Stadt auch mit dem
Herzog Otto von Pommern.

Jedoch wenn der König erwartet hatte, die Rostocker
allmählich mit ihrem Schicksal zu versöhnen, so sah er sich
arg getäuscht. Reibereien zwischen den Bürgern und seinen
Officialen nahmen kein Ende, ja es fehlte nicht an gröblichen
Beleidigungen gegen seine eigene Person. Wir haben hierüber
keine speciellen Nachrichten, doch die Beschwerdeschrift Erichs
gegen Rostock vom Jahre 1311 oder 1312 genügt, um uns
ein ziemlich klares Bild von dem unleidlichen Verhältniß zu
geben. Der König wirft den Rostockern hierin folgendes vor:

1) Sie haben mit Gewalt unsere Ribnitzer Bürger zu
ihrem deutschen Recht gezogen und haben über sie nach ihrem
eigenen Gutdünken geurtheilt.

2) Sie haben einen Theil unseres Ribnitzer Waldes
niedergehauen, Ortschaften daselbst gebaut und dort lübisches
Recht eingeführt, obwohl sie dies ohne unseren Willen nicht
thun durften.

3) Sie haben unsere Wiesen, Fischerei in Warnemünde zu ihrer Benutzung genommen.

4) Den Vogt, den wir ihnen in Rostock gesetzt, haben sie abgesetzt, und uns einen widerspänstigen entgegengestellt.

5) Wir zogen unter ihrem offenen Geleit in ihre Stadt, wo sie häufige Versammlungen insgeheim gegen uns veranstalteten und damit das Geleit brachen.

6) Weiter wollten sie das letzte Mal, als wir in ihrer Stadt sein wollten, uns kein Geleit geben, außer auf eine gewisse Anzahl, bei Verbleib unserer Güter in derselben.

7) Ferner haben sie während gegebenen Geleits einen Knecht unseres Drosten gefangen genommen.

8) Wie wir unsere Festung Schwaan mit Nahrungsmitteln versehen wollten, dem Lande und ihnen zum besten, verboten sie uns die Ausfuhr desjenigen aus der Stadt, was dort eingeführt war, veranlaßten auch zugleich, daß das aus Dänemark herbeigebrachte vor Warnemünde gelagert werden mußte. Unseren eigenen Gütern, die in die Stadt gekommen waren, verweigerten sie die Ausfuhr.

9) Sie drohten unseren Unterthanen von Abel in unserer Gegenwart mit Verbrennung ihrer Güter, außer ihrer Geldbuße, dafür daß sie auf unseren Befehl dem von Mecklenburg beistanden.

10) Sie haben gefangen genommen Rudolf, einen Bürger von Schwaan und Reynold Kabelstorp, dieselben mit Geld schatzend, weil sie außerhalb der Stadt schlecht von ihnen gesprochen haben sollten.

11) Des Gästwägers Vieh haben sie außerhalb der Stadt weggenommen.

12) Sie haben einem ihrer Bürgermeister erlaubt, mit falschen Münzen zu handeln und unseren Vogt nichts davon wissen lassen.

13) Herrmann Schilling haben sie um 150 Mark geschatzt und unseren Vogt nichts davon wissen lassen.

14) Ferner haben sie uns nöthigen wollen, die Hälfte von Tibeke Friesens Haus aufzubauen, es wäre denn, daß wir ihm anderthalb Ellen von unserem Grund und Boden geben wollten.

15) Auch geben sie uns nichts von dem Grund und Boden, den sie außerhalb der Stadt gebrauchen.

16) Sie haben die Diener Jacob Fleps zu Warnemünde gefangen genommen und in die Stadt geführt und

auf das Rad legen lassen, ungeachtet er vor lübisches Recht hatte fordern lassen.

17) Johann Güstrow, Jacob Fleps' Diener, haben sie gefangen genommen aus keiner Ursache, als weil er dem Wagen des Markgrafen durch die Stadt zum Ritterspiel gefolgt.

18) Ferner, ehe wir ihnen absagten, fingen sie einen von Exen, welcher eines unserer Ritter, Arrild Smeckers, Hof abgebrannt und seinen Sohn gefangen genommen, den vorenthalten sie uns jetzt.

19) Desgleichen verbrannten sie, bevor sie uns Warne= münde übergaben, den Ort und die Kirche.

20) Das Haus, welches wir für die Markgrafen und uns zu einem Palast aufgebaut hatten, haben sie nieder= gebrochen und fortgenommen.

21) Bevor wir ihnen absagten durch Heinrich von Gulland und Bernhard Kopmann, ließen sie uns zu Söborg absagen.

22) Herrn Niels Olaffson und Herrn Peter Nielsson von Toffing haben sie wieder ihren zu Warnemünde ge= gebenen Geleitsbrief ihre Güter und Diener weggenommen.

Das sind die Beschwerden des Königs gegen seine Stadt und in der That, eine ganze Reihe sind der Art, daß sie einzeln schon einen hinreichenden Grund zum Kriege bieten.

Kirchberg kennt diese Beschwerdeschrift des Königs nicht. Er giebt als Grund des Krieges an, daß die Rostocker den Wismarschen geholfen hätten. Indessen habe ich meinen Zweifel über die Richtigkeit dieser Angabe schon beim Wis= marschen Kriege angedeutet. Es ist nicht gut möglich, daß der König in seiner Beschwerdeschrift diese wichtigste von allen, daß Rostock seinen Feinden geholfen, übergangen haben sollte. Es wird nur erwähnt, daß sie die Adeligen mit Verbrennung ihrer Güter bedrohten, die auf Befehl des Königs dem Mecklenburger zu Hülfe gekommen wären.

Der König sann diesen Beleidigungen gegenüber schon längst auf Rache und endgültige Unterwerfung der Stadt unter seine Herrschaft. Festere Gestalt gewannen diese Pläne aber erst im Jahre 1311. Im Jahre 1310 am Palmsonntag hatte Erich eine Zusammenkunft mit Witzlav von Rügen und Waldemar von Brandenburg*) zu Ribnitz. Sie legten hier

---

*) Daß Waldemar zugegen war, geht zwar aus der zwischen Erich und Witzlav ausgestellten Urkunde nicht hervor, da uns die

ihre etwaigen Streitigkeiten bei und vereinbarten, daß Erich im nächsten Jahre ein Turnier zu Rostock halten solle, auf dem der Markgraf und hundert andere Fürsten und Herren den Ritterschlag empfangen würden. Infolge dieser Vereinbarung erneuerten die Städte Rostock, Wismar, Stralsund und Greifswald am 9. August ihr Bündniß, dem auch Lübeck beitrat, jedoch mit der schon oben erwähnten Bestimmung, daß es nicht gehalten sein solle, gegen Erich zu kämpfen.

Im Sommer des Jahres 1311 kam Erich nun seinem Versprechen gemäß mit großer Ritterschaft nach Rostock, um dort das Turnier zu halten. Jedoch die Rostocker, welche fürchten mochten, daß Erich die Gelegenheit zur Unterwerfung der Stadt benützen möchte, schlossen dem König die Thore, sodaß er genöthigt war, sein Lager außerhalb der Stadt aufzuschlagen.*)

Von dieser Ausweisung des Königs aus der Stadt weiß Kirchberg nichts, er erzählt einfach, daß Erich sein Lager vor der Stadt zwischen Gehlsdorf und Bartelsdorf aufgeschlagen habe. Aber Latomus und Detmar berichten uns, daß die Rostocker den Dänen die Thore geschlossen und die ann. Lub. erzählen zum Jahre 1311: in hac sollempnitate rex concitatus ad iracundiam pecives Rotstocenses, qui sibi et populo ad curiam congregato denegaverunt suae civitatis introitum, conspiravit cum principibus contra ipsos cives suos. Mit diesen Nachrichten stimmt auch, was in Erichs Beschwerdeschrift sub Nr. 6 gesagt wird: Weiter wollten sie das letzte Mal, als wir in der Stadt sein wollten, uns kein Geleit geben, außer auf eine gewisse Anzahl, bei Verbleib unserer Güter in derselben. Auch über den Ort, wo der König das Turnier abhielt, gehen die Meinungen auseinander. Kirchberg giebt, wie oben gesagt, das Feld zwischen Bartelsdorf und Gehls

---

Namen der Zeugen nicht erhalten sind, indessen ist es mit Sicherheit anzunehmen. Denn Witzlav vertrug sich noch am selben Tage (in die palmarum) zu Tribsees mit Waldemar um einige pommersche Gebiete und es heißt: presentibus testibus idoncis uidelicet Waldemaro de Brandenburg marchione etc. Außerdem berichtet auch Detmar von dieser Zusammenkunft in Ribnitz, daß hier das Rostocker Turnier verabredet sei.

*) Über das Rostocker Hoffest berichten ann. Lub. a. a. 1311; Kirchberg C. 145; Heinrich von Herbord S. 226; H. Frauenlob und von neueren Klöben: Waldemar II., S. 87—95 u. a.

dorf an, alle anderen Berichte nennen den Rosengarten als Lagerplatz des Königs. Der Rosengarten war ein Feld vor dem Steinthor, auf dem die Bürger ihre Gärten hatten. In diesen Gärten pflegte man, wie ja auch jetzt noch gebräuchlich, einen Theil für Blumen, namentlich auch Rosen, zu reserviren, woraus dann der Name entstand. Die einzelnen Grundstücke waren wohl durch hohe Hecken getrennt, denn nur so erklärt es sich, daß Heinrichs Bewaffnete bis dicht an die Stadt herankommen konnten, ohne von den Wächtern der Stadt gesehen zu werden. Hier konnte natürlich das Turnier nicht abgehalten werden, aber die Chroniken fassen den Begriff „Rosengarten" selbstverständlich weiter und rechnen auch das umliegende Feld unter diesen Namen. Damit fällt auch z. B. Schröters Einwand, daß Erich sein Lager nicht so dicht unter den Mauern Rostocks, als einer feindlichen Stadt, hätte aufschlagen können. Er lagerte eben gar nicht dicht vor den Mauern der Stadt.

Wenn wir in Betracht ziehen, daß Kirchberg sich in Betreff dieser Zeit mancherlei Ungenauigkeiten zu Schulden kommen ließ, so sind wir, glaube ich, berechtigt, mit Latomus, der wendischen und anderen Chroniken das Turnier des Dänenkönigs nach dem Rosengarten zu verlegen. Und überdies war ja der Rosengarten ein weit gelegener und bequemerer Platz, als das Feld am anderen Ufer der Warnow.

Wie dem nun auch sein mag, alle Nachrichten stimmen darin überein, daß dies das prächtigste Hoflager gewesen sei, das jemals in wendischen Landen stattfand. Die Zahl der Anwesenden vermag Kirchberg nicht anzugeben, während sie nach der wendischen Chronik 6400 betrug. Hier empfing Markgraf Waldemar den Ritterschlag und mit ihm 100 andere Fürsten und Herren. Aber auch ernste Angelegenheiten kamen hier zur Sprache. Heinrich von Mecklenburg nämlich fand sich ebenfalls auf diesem Turnier ein und verabredete mit König Erich, wie sie den Hochmuth der Städte brechen könnten. Verband doch beide Fürsten ein gemeinschaftliches Interesse, da Heinrich nicht hoffen konnte, Wismars sich zu bemächtigen, ohne daß Rostock gebrochen war und ebensowenig Erich sich Rostock unterwerfen konnte, ohne die Niederwerfung Wismars.

Die Folgen dieser Verhandlungen sollten den beiden Städten bald klar werden. Heinrich rückte mit einem stattlichen Heere vor Wismar und es gelang ihm mit dänischer

Hülfe, wie wir oben gesehen haben, seine widerspänstige Stadt zu unterwerfen. Nun kam die Reihe an Rostock.

König Erich hatte mit seinen Vögten in Rostock nicht viel Glück gehabt, er mußte es sogar erleben, daß die Rostocker den Vogt mit Gewalt verjagten. Er beschloß nun, sich einen kräftigeren Statthalter zu erwählen und dazu konnte er keinen brauchbareren Mann finden als Heinrich von Mecklenburg selbst. Es war dies freilich ein sehr gewagtes Experiment. Denn wenn er einen so mächtigen und energischen Fürsten als Statthalter einsetzte, lief er leicht Gefahr, das Land über kurz oder lang an diesen zu verlieren, wie es ja auch in der That später geschah. Im Augenblick jedoch sah er keinen besseren Ausweg, auch mochte er seiner Macht so viel trauen, um Heinrich nöthigenfalls mit Waffengewalt in seine Schranken zurückzuweisen. Außerdem war diese Verleihung ein geeignetes Mittel, um Heinrich, der, wie wir oben sahen, noch dazu neigte, Nicolaus als Herrn von Rostock anzuerkennen, völlig für sich zu gewinnen und seine Streitkräfte sich dienstbar zu machen. Wann Heinrich als Statthalter des Rostocker Landes eingesetzt war, wissen wir nicht, es geschah aber wahrscheinlich schon auf dem Rostocker Turnier. Daß der König die Gefahr, die in der Einsetzung Heinrichs lag, sehr wohl erkannte, das können wir aus der Art und Weise ersehen, in der die Einsetzung geschah. In einer Urkunde nämlich vom 6. September 1311 bekennt Heinrich, daß er das Land Rostock nur als königlicher Hauptmann inne hat und verpflichtet sich, alle Vesten und Länder Rostock zu jeder Zeit wieder herauszugeben, sei es dem König selbst oder dessen Sohn oder einem anderen Nachfolger Erichs. Man ersieht hieraus, daß der König für alle Eventualitäten Vorkehrungen traf, um Rostock unter dänischer Herrschaft zu erhalten.

Die Rostocker sandten nun dem König einen Absagebrief zu Söberg, den der König seinerseits durch einen Absagebrief erwiederte und gleich darauf, um Michaelis, erfolgte der erste Zusammenstoß. Detmar berichtet uns, daß die wendischen Städte auf Falster mit den Dänen in Kampf gerathen seien, weshalb Erich die Waren aller deutschen Kaufleute mit Beschlag belegen ließ. Lübeck war bei diesem Kampfe, wie Detmar weiter unten berichtet, nicht betheiligt. Unterdessen war nun auch Heinrich ins Feld gerückt, am 15. September erschien er in Warnemünde.

Jedoch ehe wir den Krieg weiter verfolgen, wollen wir zunächst erwähnen, welche Fürsten auf Heinrichs Seite standen.

Am 9. October 1311 verbündete sich Herzog Erich von Sachsen-Lauenburg zu Warnemünde mit Heinrich. Eine stärkere Hülfe gewannen König Erich und Heinrich an Waldemar und Johann von Brandenburg. Sie verpflichteten sich am 19. Februar 1312 zu Zehdenik, dem König zu Pfingsten mit 400 Reisigen zu Hülfe zu kommen. Dafür macht sich Erich verbindlich, keinen Frieden mit Rostock ohne ihre Zustimmung abzuschließen und ihnen die Hälfte der Beute zu überlassen. Noch vor dem 24. Juni 1312 vertrug sich Erich mit Nicolaus von Werle über die Forderungen, die dieser an Rostocker Gebiet hatte, indem sie auf den Bischof Christian von Rigen und vier Vasallen kompromittirten und am 6. October traten dann Johann und Nicolaus von Werle in ein Bündniß mit Erich.

Am 5. Juli desselben Jahres gelobt Herzog Otto von Pommern zu Warnemünde dem König Erich Treue und nöthigenfalls Hülfstruppen gegen Rostock.

Mit dem Herzog Erich von Schleswig traf König Erich am 5. Oktober vor Rostock ein Abkommen dahin, daß beide ihre Händel bis Michaelis 1313 vertagten und versprachen, sich unterdessen keinen Schaden zuzufügen.

Am 6. October trat Graf Adolf von Schaumburg vor Rostock mit Erich in ein Bündniß.

Zu den Verbündeten kam auch noch Witzlav von Rügen, der damals Nicolaus dem Kinde überredet haben soll, sein Land von Dänemark zu Lehen zu nehmen.

Wir sehen also, es war eine stattliche Macht, die Heinrich gegen die Stadt aufbieten konnte. Rostock hatte dieser Macht nur wenig entgegenzustellen, es wurde fast nur unterstützt von Stralsund und Greifswald. Wismar war soeben gedemüthigt, Lübeck hatte sich in dem Bundesvertrage ausdrücklich vorbehalten, nicht gegen Erich zu kriegen. Hamburg allerdings scheint Miene gemacht zu haben, die Rostocker zu unterstützen. Aber auch dies wurde von Erich gewonnen dadurch, daß er ihnen am 20. August 1312 vor Warnemünde freien Verkehr in seinen Landen gewährte, unter der Bedingung, daß sie seine Feinde in Deutschland (also die Rostocker) nicht unterstützen würden. In einer Hinsicht jedoch war auch Lübeck der Stadt Rostock von Nutzen. Dem Vertrage gemäß durfte es nicht gegen Erich zu Felde liegen, das hinderte aber nicht, die Rostocker mit Geld oder Waffen zu unterstützen. Mehrere Urkunden bezeugen eine solche Unterstützung Seitens der Stadt Lübeck.

Am 22. Juni 1312 bekennt der Rath zu Rostock von Lübeck eine Anleihe von 1000 Mk. wend. Pf. empfangen zu haben und verspricht, sie Martini 1313 zurückzuzahlen.

Am 22. Juni desselben Jahres ersucht der Rath von Rostock die Stadt Lübeck um eine Anleihe von 1000 Mk. in Lebensmittel und um eine Anzahl Pfeile. Ob die Rostocker diese Hülfe erhielten, wissen wir nicht, jedenfalls wird aber Lübeck sich zu derselben bereit gefunden haben.

Eine andere Hülfe schien sich der Stadt von Norwegen her bieten zu wollen. Am 13. März 1312 nämlich beauftragte König Hakon von Norwegen seinen Abgeordneten Thorias Thorlani zur Unterhandlung mit den wendischen Seestädten. Er gab seinem Gesandten die weitgehendsten Vollmachten: „ad tractandum, placitandum ac concordandum cum omnibus ciuitatibus et uillis maritimis in Slauia". Am 9. Mai dieses Jahres kam denn auch ein Vertrag zwischen Norwegen einerseits und Lübeck, Rostock, Wismar, Greifswald, Stralsund andererseits zu Stande, der den Seestädten volle Handelsfreiheit in Norwegen zusicherte. Das war aber auch alles und wenn Rostock auf Hülfe gerechnet hatte, so war es wiederum um eine Hoffnung ärmer geworden. Zu allem Unglück kam noch der Verrath in der Stadt selbst, wie wir aus mehreren Urkunden ersehen. Denn im Jahre 1311 oder 1312 wurde Hermann Schilling wegen Verraths an seinen Mitbürgern mit seinen Genossen verhaftet, 1312 trifft dieselbe Strafe Johann von Rüge mit seinem Gefährten Busche sowie den Söldner Ertman wegen Verrätherei von Rostocker Schiffen und im selben Jahre wird ein Markmann wegen Übergabe städtischer Söldner aus Rostock verwiesen.

Wenn man die Macht der beiden Gegner ins Auge faßte, so mußte der Kampf für Rostock aussichtslos erscheinen. Wir bewundern, daß die Rostocker es überhaupt wagten, Widerstand zu leisten, vielmehr aber bewundern wir den Muth und die Kraft der Bürger, mit der sie so lange Zeit ihren zahlreichen Feinden widerstanden.

Es hing für die Rostocker alles davon ab, daß sie Warnemünde nicht in die Hände der Feinde fallen ließen. Denn nur dann, wenn sie sich durch Befestigung dieser Hafeneinfahrt die Zufuhr freihielten, konnten sie hoffen, eine lange Belagerung auszuhalten. Die Besetzung dieses wichtigen Platzes versäumten jedoch die Bürger. Nicht als ob etwa die Bedeutung des Ortes verkannt hätten, sie glaubten vielmehr, daß ihnen ein Angriff noch nicht in so naher Aussicht stehe. Denn Heinrich war um diese Zeit noch mit Belagerung Wismars beschäftigt. Aber die Rostocker kannten ihren Gegner. Gerade hier im Anfang des Krieges zeigte sich Heinrichs strategisches Talent in glänzender Weise. Er ließ vor Wismar, dessen Widerstand um diese Zeit schon zu erlahmen begann, einen Theil seines Heeres zurück und erschien am 15. September plötzlich in Warnemünde. Die Rostocker sahen sich überrumpelt und vermochten Heinrich keinen Widerstand entgegenzusetzen. Heinrich erbaute nun rechts und links der Warnow ein Kasell, die durch eine Brücke mit einander verbunden wurden.*) Vor der Brücke versenkte er so große Steine, daß man auf ihnen von einem Ufer zum andern hinübergehen konnte. Als den Hauptmann der einen Burg nennt Kirchberg Diterich von Örtzen, in der anderen kommandirten zwei Ritter, deren Namen er nicht kennt. Danach zog Heinrich ab, um die weitere Belagerung Wismars wieder selbst zu übernehmen. So schien ihm denn durch Überrumpelung eine That geglückt zu sein, die die Entscheidung des Kampfes in sich barg. Denn ohne den Besitz von Warnemünde war Rostock verloren. Das erkannten auch die Rostocker sehr wohl und sie gingen mit aller Energie daran, das Versäumte nachzuholen. Die Gemeinde erschien vor dem Rath und verlangte, sofort gegen die feindlichen Befestigungen in Warnemünde geführt zu werden. Zunächst solle aber die Stadt, um einen festen Mittelpunkt zu gewinnen, ihrem alten Herrn Nicolaus von Neuem huldigen. Der Rath war diesen Plänen nicht geneigt, er wies auf den Eid hin, den die Stadt dem König von Dänemark geleistet hatte, und suchte die Bürger zu friedlichem Ausgleich zu bewegen. Diese Stellung des Rathes ist natürlich. Wir finden in Rostock dieselben Zustände wie in anderen Städten, nämlich die Opposition der Gemeinde gegen den Rath, der sich immer mehr und mehr zu einer

---

*) Daß, wie Schröter annimmt, in Warnemünde dicht am Flusse bereits eine dänische Burg lag, widerstreitet den ältesten Berichten und ist unglaubwürdig. Denn dann wäre Heinrichs plötzliches Erscheinen von Wismar aus nicht nöthig gewesen, da die Dänen den Strom bis zu seiner Ankunft wohl selbst hätten sperren können.

5

Art Oligarchie ausbildete. Die Rathherren erkannten gar wohl die Gefahr, die in diesen aufgeregten Zeiten ihrem Regiment drohte und sie meinten, ihre Macht unter der Autorität eines mächtigen Fürsten am sichersten aufrecht erhalten zu können. Vielleicht muß man es daher auch ihrer beabsichtigten Vernachlässigung zuschreiben, wenn Warnemünde durch einen Handstreich genommen werden konnte.*) Jedoch diesmal scheiterten alle ihre Pläne an den aufgeregten Gemüthern der Bürger. Man brachte Nicolaus auf das Rathhaus, huldigte ihm und zog dann gegen Warnemünde. Nachdem sie die Verbindungsbrücke zerstört hatten, griffen sie zunächst die im Westen gelegene Burg an. Es gelang ihnen, dieselbe in Brand zu stecken; ein Theil der Besatzung erstickte im Feuer, die anderen ertranken oder wurden von den ergrimmten Bürgern erstochen. Die Besatzung der östlichen Burg, in der Dietrich von Örtzen kommandirte, wartete nun den Angriff nicht ab; sie ergab sich und rettete so ihr Leben.**) Die Burg aber ward zerstört. Dasselbe Schicksal traf den ganzen Ort, sodaß selbst die Kirche nicht verschont ward.

---

*) Bemerkenswerth ist es, daß der Absagebrief des Königs durch zwei Rostocker Rathsherren, Heinrich von Gothland und Bernhard Kopman der Stadt überbracht wurde. Der Rath stand also in Unterhandlung mit König Erich, und er war es vielleicht gerade, der den König zur Strenge aufforderte.

**) In der Rostocker Chronik ist die Eroberung der Burgen gerade umgekehrt. Hier wird die Burg Dietrichs von Örtzen zuerst angegriffen und der Ritter kommt mit seinen Leuten im Feuer um. Schröter in seiner Anmerkung zu dieser Stelle hat Kirchberg mißverstanden. Irgend welchen Anstoß gewährt die Darstellung Kirchbergs nicht. Die beiden ungenannten Ritter, die in der zweiten Burg kommandirten, nimmt Schröter für die Befehlshaber der dänischen Burg Niels Oluffson und Peter Nielsson von Tössing. Da es nun in Erichs Manifest gegen Rostock heißt: Herrn Niels Oluffson und Herrn Peter Nielsson von Tössing haben sie wider ihren zu Warnemünde gegebenen Geleitsbrief ihre Güter und Diener weggenommen, so folgert er, daß Kirchberg die Sache umgekehrt, daß nämlich Dietrich von Örtzen verbrannt sei und die Dänen kapitulirt hätten. Aber wer beweist uns denn, daß die beiden genannten Dänen die Befehlshaber der Burg waren? Beide waren hochangesehene Ritter, Niels Oluffson war (s. U. v. 7. Jan. 1317) Marschall des Königs. Sie begleiteten Heinrich als königliche Kommissare und ihnen schrieb man wohl die feindlichen Maßregeln Heinrichs zu, sodaß man sich trotz gegebenen Geleites an ihre Diener und Güter vergriff. Wären sie selbst als Befehlshaber in der Burg anwesend gewesen, würde man sich auch wohl ihrer versichert haben. Was nun die Anwesenheit der Diener des Niels Oluffson

Der Rath versuchte nun noch einmal die Bürger um-
zustimmen und zum Frieden geneigt zu machen. Diese Verhandlungen, die Kirchberg ausführlich erzählt, geben uns ein
Bild von der Stellung des Rathes und der Gemeinde zu
einander. Ein Theil der Gemeinde, so bemerkt Kirchberg,
stimmte dem Rath bei, ein anderer Theil aber meinte, man
solle die Angelegenheit vor das ganze gemeine Volk bringen.
Denn dieses müßte die Arbeit thun, dieses sei zu aller Noth
bereit, darum müsse man sich auch seiner Entscheidung unterwerfen. Diese Forderung zeigt uns die schiefe Stellung des
Rathes, sie zeigt uns, daß sich starke demokratische Elemente
im Bürgerstand geltend machten. Und man darf wohl nicht
behaupten, daß diese Gesinnung nur von Leuten ausging,
die durch eine Umwälzung nichts verlieren, aber alles gewinnen konnten. Es waren die Handwerker, die einen Antheil am Stadtregiment beanspruchten, und ihre Gesinnungen
in der augenblicklichen Opposition gegen den Rath waren
patriotische Gesinnungen. Sie erstrebten die Losreißung
ihres Landes von der dänischen Herrschaft, jene Freiheit, die
einst vor hundert Jahren mit so viel Blut und Tapferkeit
errungen worden war. Welche Schmach war es für die
Bürger, Unterthanen des Dänenkönigs zu sein. Wie hätte
es dem Rath gelingen können, nach jenem so glänzenden
Erfolge in Warnemünde die Bürger wiederum zu friedlicher
Rückkehr unter die dänische Herrschaft zu bewegen. Man
wähnte den Tag der Freiheit gekommen und man ging
sofort daran, den errungenen Vortheil mit Nachdruck zu verfolgen. Vor Ostern des Jahres 1312 gingen die Rostocker
offensiv vor, sie stiegen an der dänischen Küste an das Land
und verwüsteten eine Reihe von Ortschaften. Zwar wurden
sie mit Hülfe Herzogs Erich von Schweden genöthigt, das
Land zu verlassen, immerhin aber konnten sie diesen Zug
als gelungen ansehen. Unterdessen waren auch die in der
Stadt Zurückgebliebenen nicht müssig gewesen. Sie brachen
den Petrithurm ab und mit den Ziegelsteinen desselben er-
bauten sie in Warnemünde im Osten einen festen Thurm,
der durch ein eichenes Bollwerk und Gräben geschützt wurde.

---

anbetrifft, so ist es bei dem engen Verhältniß der Dänen und Mecklenburger natürlich, daß sich unter der Besatzung der Burg auch Dänen
befanden.

Vielleicht geht aber dieser ganze Passus des Manifestes überhaupt
nicht auf eine der beiden an der Warnow gelegenen Burgen.

Eine Anzahl wohlbemannter Schiffe hielt sich jeden Augenblick zum Angriff bereit. Auch die der Stadt benachbarten Gebiete der Dänen griffen die Rostocker an. Das beweist uns das ausgedehnte Verzeichniß des Kriegsschadens, welchen die Rostocker dem Kloster Doberan zugefügt hatten. Es geschah dieser Angriff wahrscheinlich noch vor Ostern 1312.

Nun ließ auch König Erich nicht länger auf sich warten. Am St. Johannisabend (23. Juni) kam er mit einem großen Gefolge von 22 Fürsten vor Warnemünde an und übertrug an Heinrich die Leitung des Kampfes. Dieser versuchte nun die Rostocker Burg mit Sturm zu nehmen. Es gelang ihm zwar, den Pram, den die Rostocker zum Schutz ihrer Burg errichtet, sammt den Schiffen zu vernichten, indessen die Burg selbst erlag diesem Angriff nicht. So sah sich denn Heinrich genöthigt, Anstalten zu einer längeren Belagerung zu treffen. Er ließ eine starke Brücke über die Warnow schlagen, einerseits damit die auf beiden Seiten liegenden Heerhaufen leichter in Verbindung treten könnten, andererseits um der Besatzung des Thurmes jegliche Zufuhr abzuschneiden. Die Rostocker erkannten die Gefahr sehr wohl. Sie*) entsandten drei starke Schiffe zur Zerstörung der im Bau begriffenen Brücke und zur Proviantirung des Thurmes. Diese Schiffe vermochten ihren Auftrag jedoch nicht auszuführen. Sie wurden von der Stadt abgeschnitten und mußten sich ins offene Meer retten. Als die Brücke vollendet war, begann Heinrich den Sturm von Neuem und zwar ununterbrochen Tag für Tag. Je hundert Mann schritten zur Zeit zum Sturm, waren sie ermüdet, so traten andere hundert für sie ein. Eine Reihe von Belagerungsmaschinen, Sturmböcke und Wurfmaschinen unterstützten die Stürmenden. Nur einmal, als der Geruch der verwesenden Leichen bereits Krankheiten erzeugte, wurde zur Beerdigung der Erschlagenen ein kurzer Waffenstillstand geschlossen. Aber alle Bemühungen waren vergeblich, elf Monate hindurch schlugen die Rostocker jeden

---

*) Schröter nimmt an, daß dieser Versuch von der See her geschah und zwar durch Stralsunder oder Greifswalder Schiffe. Indessen abgesehen davon, daß man doch gerade von Rostock einen Versuch der Zerstörung der Brücke erwarten darf, ist der Moment des Angriffs — als die Brücke im Bau begriffen — so günstig gewählt, daß nur die Rostocker ihn wissen konnten, wenn man nicht den Zufall hineinspielen lassen will und 2) scheint mir der Ausdruck bei Kirchberg: „sie retteten sich ins salzige Meer" darauf hinzudeuten, daß die Schiffe den Fluß herab kamen.

Sturm ab. Doch was konnte ihnen Muth und Tapfe⟩ helfen, da sie von der Stadt abgeschnitten waren. Eine seßliche Hungersnoth brach aus und sie sahen sich en⟩D genöthigt, den Thurm an Heinrich zu übergeben.

Als das Gerücht von der Übergabe des Thurmes ⟩u Rostock gelangte, brach ein offener Aufruhr gegen den Rc aus. Man beschuldigte die Rathsherren des Verrathes, be⟩ Detmar sagt a. a. 1312: „de spreken somelike, d⟩ (nämlich die Übergabe des Thurmes in Warnemünde) soe⟩ schen mit vulborde der ratmanne" und die ann. Lubic berichten zum selben Jahr: „turrim regi tradiderunt ex iussu quorundam consulum de Rotstoke, ut dicitur." An der Spitze der Aufständischen stand Heinr. Runge, der sich hier eine traurige Berühmtheit erwarb. Er war ein ehrgeiziger, gefühlloser Demagoge, der nur sein eigenes Emporkommen in dem Aufruhr im Auge hatte. Als man ihn bat, seinen Bruder, der mit unter den Rathsherren war, zu schonen, sprach er das grausame Wort: „es gehe einer mit dem anderen". Dies that er aber, damit er selbst an seines Bruders Statt in den Rath käme. So stellen die Chroniken die Sache dar, die wie gegen alle Volksbestrebungen so auch gegen Runge Partei nehmen. Über Runge's Auf- treten liegt ein tiefes Dunkel, so daß man, wie Schröter sagt, sich ihn als einen (Brutus-) Grachus oder als einen ge- meinen Pöbelanführer vorstellen kann. Unsere Zeit, die mit Erfolg die edle Aufgabe übernommen hat, bisher arg mitgenommene Persönlichkeiten (ich erinnere an Kaiser Hein- rich IV.) Gerechtigkeit widerfahren zu lassen, wird sich auch des so viel geschmähten Runge annehmen müssen. Zwar der Vergleich eines aufrührerischen Rostocker Bürgers mit den genialen Revolutionärs des Alterthums mag etwas ge- wagt erscheinen, aber noch viel weniger war er ein gemeiner Pöbelanführer. Freilich in einem Punkte berühren sich ja beide, ein Grachus und ein Catilina; beide strebten auf edlerer oder gemeinerer Basis doch auch stets nach Erhöhung ihrer eigenen Person. Heinrich Runge strebte nicht danach, sich durch den Untergang anderer zu bereichern, denn er war ein reicher, angesehener Mann. Er war der Führer des unter- drückten und von der Regierung ausgeschlossenen Handwerker- standes und bei der Durchführung seiner an sich gerechten und edlen Absicht gedachte er sich selbst emporzubringen. Seinen Bruder konnte er sicherlich vor der Volkswuth nicht retten, hätte er aber auch die Macht dazu gehabt und würde er dieselbe zur Rettung seines Bruders gebraucht haben, so wäre seine eigene Stellung ins Wanken gebracht worden und mit ihm seine ganze Sache gefallen. Seine späteren Handlungen, die Leitung der Stadt während der Belagerung, und vor allem die neue Stadtverfassung, stellen ihn uns als einen thatkräftigen und klugen Regenten dar. Als endlich Heinrich die Stadt durch List einnahm, hetzte er das Volk keineswegs zum blinden Widerstand auf, sondern da er sah, daß der Kampf gegen Heinrich nur unnützes Blutvergießen zur Folge haben würde, ermahnte er selbst die Bürger zur Ruhe und Unterwerfung und floh aus der Stadt.

Ein Theil des Rathes entkam aus dem Aufruhr, der größere Theil aber ward vom Volke ermordet. Runge trat nun selbst in den Rath und besetzte die übrigen Rathsstellen mit Anhängern seiner Partei. Verächtlich sagt die Rostocker Chronik von diesen Leuten: „welck bodt vorvullet warte, also dat do mennich man in den Radt quam, deme idt binnen korter tydt thouorne hadde ein unehre gedocht; ja hadde eme gedromet dat he were tho Rostocke in den Radt gekaren, he hedde gesecht: de duuel hedde em schinbarlichen bedragen.

König Erich befestigte indessen die Warnemünder Burg von Neuem und legte eine aus Dänen, Brandenburgern und Mecklenburgern gemischte Besatzung hinein. Zwar hatte er Anfangs nicht die Absicht, diesen Thurm zu einer dauernden Festung umzuwandeln, denn am 9. Oktober 1312 schloß er mit Waldemar einen Vertrag über die Theilung der Summe, welche von Rostock für den Abbruch dieses Thurmes zu erwarten sei. Indessen der Abbruch unterblieb und als am 20. Februar 1313 Waldemar seinen Antheil am Thurme an Erich verkaufte, kam dieser in den alleinigen Besitz der Burg, da Heinrich ja nur sein Hauptmann war. Nach Befestigung des Warnemünder Thurmes zog Erich vor Rostock und lagerte sich auf dem Mühlendamm. Doch nicht lange hielt er sich im Lager vor Rostock auf. Als er nämlich erfahren hatte, daß sein eigener Bruder in Dänemark eine Verschwörung angezettelt hatte, ging er in sein Land zurück und übertrug den Oberbefehl an Heinrich. Zwar vermochte nun Heinrich der Stadt nichts anzuhaben, aber auch die Rostocker kamen keinen Schritt weiter und konnten nicht hoffen, die Belagerer zum Abzug zu zwingen.

Unter diesen Umständen bildete sich eine starke Friedenspartei in der Stadt. Und zwar waren es vor allem die

Kaufleute, die zum Frieden riethen, denn der Handel und Verkehr lag seit langer Zeit gänzlich barnieder. Sie kamen also vor den Rath und forderten ihn auf, Frieden zu schließen. Der Rath sandte nun an Heinrich und ließ fragen, unter welchen Bedingungen er die Stadt zu Gnaden annehmen wolle. Die Rathmänner mußten äußerst klug zu Werke gehen; sie hatten zum größten Theil ihre Stellung auf unrechtmäßige Weise erworben, und sie mußten nun vor dem Friedensschluß sich Gewißheit verschaffen, ob Heinrich nicht Rache an ihnen nehmen würde. Jedoch Letzterer ging auf ihre Vorschläge ein und so kam am 7. December 1312 bei Polchow ein Friede zu Stande zwischen Rostock einerseits und Erich, den Brandenburgern und Heinrich andererseits. Die Hauptbedingungen des Friedens sind folgende:

1) Die Stadt zahlt an Erich und den brandenburgischen Markgrafen in 3 Terminen 14 000 Mk. reinen Silbers.

2) Die aus der Stadt gewiesenen verbleiben außerhalb Rostocks, jedoch können sie ihre Güter verkaufen, wenn obengenannte Fürsten sie in ihren Schutz nehmen. Geschieht letzteres nicht, so soll auf dem Wege des Rechtes verfahren werden.

3) Die Gefangenen sollen, nachdem sie ein Lösegeld versprochen, freigelassen werden.

Unterschrieben ist der Friede von Heinrich von Mecklenburg, Nicolaus von Rostock und einer Anzahl von Rittern, an welche sich dann die Rostocker Consules anschließen. Bemerkenswerth ist, daß unter den Consulen auch Heinrich Runge und Heinrich von Gothland fungiren.

Am 15. December endlich unterwirft sich die Stadt dem König Erich und Heinrich unter folgenden Bedingungen:

1) Die Stadt leistet den Eid der Treue.

2) Sie darf sich mit Niemandem gegen den König verbünden, sondern sie soll thun quod tenentur ciues facere pro suo domino singulari.

3) In Betreff der Ausgewiesenen gelten dieselben Bestimmungen wie im Polchower Vertrage.

4) Die außerhalb der Stadt gelegenen oder einzelnen Bürgern gehörigen Güter, welche gemäß dem Inhalt der Privilegien freigegeben werden können, werden zurückgegeben für denselben Preis, für welchen sie erworben sind.

5) Den Stipendiarii, die Rostock gegen die Fürsten geworben, thut die Stadt genug in amicitia seu in jure.

6) In Warnemünde soll die hölzerne Kirche wieder aufgebaut werden.

So war denn den Fürsten das große Unternehmen gelungen: Wismar und Rostock waren gedemüthigt und unter die fürstliche Gewalt zurückgebracht.

Die Rostocker, die des Krieges müde waren, bemühten sich in der That, die Friedensbedingungen zu erfüllen. Um das nöthige Geld herbeizuschaffen, mußten sie freilich bei anderen Städten Anleihen machen, wie wir aus einer Urkunde vom 13. Juli 1313 ersehen. In derselben verpflichtet sich die Stadt Rostock, der Stadt Gadebusch eine Schuld von 908 Mk. mit einem Aufschlag von 10 Prozent Zinsen auf Michaelis 1314 zurückzuzahlen. Ferner am 16. October desselben Jahres bekannte sich die Stadt schuldig, dem Kölner Bürger Johann von Stoltenberg eine Schuld von 500 Mk. in jährlichen Raten von 50 Mk. bis Ostern 1320 völlig abzutragen.

So konnte denn schon am 16. April 1313 Johann von Kröcher, Hauptmann zu Eldenburg, der Stadt eine Quittung ertheilen über die Kriegscontribution, welche er von ihr für die Markgrafen Johann und Waldemar von Brandenburg durch Bevollmächtigte erhoben hatte. Und hierhin gehört auch wohl Huitfeld's etwas dunkler Bericht, daß nämlich Heinrich am 26. August dem König Erich einen Brief über eine große Summe Geldes gegeben habe, von welcher Summe das abgerechnet werden solle, was er eingenommen auf des Königs Brief.

Da der König so die Bereitwilligkeit der Rostocker erkannte, trug er kein Bedenken, ihnen am 19. April 1313 ihre Gerechtsame zu bestätigen, wie sie dieselben früher besessen.

So war zwar nach außen der Friede hergestellt, aber im Innern kam die Bürgerschaft noch nicht zur Ruhe. Der vertriebene Rath hatte in der Stadt viele Anhänger, ja im gegenwärtigen Rath mochten manche sitzen, die den Vertriebenen günstig gesinnt waren. So mußte denn Runge und seine Parteigenossen fürchten, daß jene nach und nach wiederum das Übergewicht bekämen und die alten Zustände herstellten. Daher setzten sie durch, daß sich die Stadt eine neue Verfassung gab.*) Diese neue Verfassung beschränkte

---

*) Koppmann: Die Geschichte der Stadt Rostock, S. 7, sagt folgendes: „Schon die Nachricht vom Fall des Warnemünder Thurms hatte in Rostock einen Aufruhr hervorgerufen; das Versprechen der

vor allem die Macht des Rathes. Der Rath durfte fortan keine neuen Mitglieder ohne die Zustimmung der Älterleute ernennen und für die Verwaltung der Stadtkasse war ebenfalls die Zustimmung der Älterleute nöthig. Hiermit hatte man sich freilich ausreichend dagegen geschützt, daß reaktionäre Männer in den Rath aufgenommen wurden. Diese Verfassung wurde mit dem Stadtsiegel versiegelt und in einer eisenbeschlagenen Kiste verschlossen. Den Inhalt der Verfassung kennen wir nur aus Kirchberg und der Rostocker Chronik, denn das Original ward von Heinrich bei der zweiten Einnahme der Stadt verbrannt. Gegeben wurde die neue Verfassung im Jahre 1313, vermuthlich vor dem 22. Februar, an welchem Datum die Umsetzung des Rathes vorgenommen · zu werden pflegte. Die Rostocker Chronik setzt dies Ereigniß gegen Kirchbergs Bericht viel früher an, aber Kirchberg giebt das richtige Jahr, da in einer Verfassungsurkunde vom 14. Januar 1314 das Jahr 1313 ausdrücklich als das der neuen Verfassung genannt wird.

Heinrich hatte im Polchower Frieden nicht auf die Einsetzung des alten Rathes gedrungen. Ihn zwangen andere Verpflichtungen, möglichst bald mit der Stadt Frieden zu schließen. Indessen konnte es kaum seine Absicht sein, den neuen Rath, der die Bürger zum Kriege gegen ihn aufreizte, auf die Dauer bestehen zu lassen. Daher kam es ihm sehr gelegen, daß sich die vertriebenen Rathsmitglieder an ihn mit der Bitte wandten, sie wieder in die Stadt zu führen. Heinrich ging hierauf ein und am 8. Januar 1314 kam zu Dassow ein Vertrag zwischen ihm und den Rathsherren zu Stande. Die hauptsächlichsten Vertragspunkte sind folgende: „Die Rathsherren und ihre Freunde in Rostock verpflichten sich, dem Fürsten Heinrich ein Thor

---

Huldigung führte zu einem neuen Aufstande und zum Umsturz der Stadtverfassung. Erst nach Jahresfrist gelang es dem Fürsten, in Folge eines Vertrages, den er mit 8 vertriebenen Rathsmitgliedern geschlossen hatte, in die Stadt zu kommen, wo ihm am 19. Januar 1314 der wieder eingesetzte Rath die versprochene Huldigung leistete. Ich kann obiger Ausführung nicht beistimmen. Von einem Versprechen der Huldigung, die Heinrich dann erst von den wieder eingesetzten Rathsmitgliedern erlangt hätte, ist nirgends die Rede. Vielmehr heißt es im Vertrage, den Rostock mit Erich und Heinrich am 15. December zu Rostock abschloß: obediencie et fidelitatis fecimus inramentum, womit ich die Unterwerfung der Stadt für abgeschlossen halte. Die neue Verfassung ging nach den in der Arbeit näher angegebenen Gründen von Runge selbst aus.

offen zu halten. Was ihnen von denen, durch deren Einfluß
sie aus der Stadt vertrieben sind, zufällt, davon bekommen
Heinrich und König Erich zwei Theile, die Rathsherren aber
den dritten Theil. Heinrich darf keine Befestigung innerhalb
des Stadtgebietes anlegen. Alle Schuld, zu der die Stadt
dem König Erich und dem Markgrafen noch verpflichtet ist,
soll er lösen; die sonstigen Schulden der Stadt gehen ihn
jedoch nichts an. Alle Besitzungen, die die Rathsherren
rite et racionabiliter als ihre nachweisen können, behalten
sie, in Bezug auf das andere legen sie dem König kein
Hinderniß in den Weg. Die ersten Rathmänner ernennt
Heinrich zusammen mit den paktirenden Rathsmitgliedern, die
folgenden aber werden vom Rathe selbst erwählt nach altem
Brauch. Der Rath verpflichtet sich dem König Erich und
dem Fürsten Heinrich zu ewigem Dienst. Die Stadt behält
das lübische Recht, so weit sie es rite et racionabiliter
nachweisen kann."

Heinrich beschloß, die Stadt womöglich ohne Blutver=
gießen durch einen Handstreich zu nehmen. Es gelang ihm
dies am Abend des 12. Januar 1314 auf folgende
Weise. Nachdem der fürstliche Vogt Hermann Clod in Ab=
wesenheit des Thorwarts Dietrich Wiltfang das Johannis=
thor (das jetzige Steinthor) heimlich besetzt hatte, kam der
Untervogt Parkentin mit zwei Wagen vor das Thor und
begehrte von Konrad Schwertfeger, dem die Schlüssel an=
vertraut waren, aus der Stadt gelassen zu werden. Als
nun Konrad das Thor öffnen ließ, brach der Verabredung
gemäß ein Rad und verhinderte die Schließung des Thores.
Beinahe wäre aber dennoch der ganze Plan gescheitert.
Heinrich, der sich dicht vor der Stadt verborgen hatte, kam
nicht zu rechter Zeit, nur der Vortrab seines Haufens drang
in das Thor. Da sie hier aber einen großen Lärm machten,
wurden die Wächter aufmerksam. Sie erweckten die Ein=
wohner, man läutete die Sturmglocken und lief bewaffnet
zum Johannisthor. Dem heftigen Anprall der Bürger ver=
mochten Heinrichs Leute nicht zu widerstehen. Sie wurden
aus der Stadt getrieben und das Thor ward geschlossen.
Jedoch nun ließ der Vogt, der sich auf dem Thore ver=
schanzt hatte, ein Loch machen und durch dieses große Steine
auf die Bürger innerhalb der Stadt werfen. Diese wichen
zurück, das Thor ward von neuem geöffnet und Heinrich,
der bereits vor dem Thore stand, rückte in die Stadt. Nun
entsandte der Rath drei Mitglieder unter der Führung

Heinr. Runge's, um Heinrich nach seinem Begehr zu fra
Als Runge Heinrichs Willen vernommen, hielt er von ei
Wagen herab eine Ansprache an die Bürger, in der er
zur Ruhe ermahnte, da alle Zwietracht nach Recht und
rechtigkeit beigelegt werden würde. Er selbst entfloh, da
fürchten mußte, daß diese Gerechtigkeit für ihn schlecht a
fallen möchte. Heinrich nahm sein Quartier in der Sta
selbst und hundert Ritter und Knechte hielten vor demselbe
Tag und Nacht Wache. Am 14. Januar ernannte er z
Richtern vier Ritter: Johann von Czornyn, Conrad vo
Cremun, Johann von Rosental und Siegfried von Plöne
Diese sollten alle vorgebrachten Klagen nach lübischem Recht
entscheiden. Zunächst erschienen die vertriebenen Rathsherren,
um sich zu verantworten. Als aber Niemand mit einer An-
klage gegen sie aufzutreten wagte, wurden sie in alle ihre
Ehren wieder eingesetzt. Nun klagten sie wiederum ihre
Gegner an und eine Anzahl derselben ward hingerichtet,
andere aus der Stadt ausgewiesen. Die Namen der Ausgewiesenen finden wir verzeichnet in den Urkunden Nr. 3672
und 3673, an der Spitze steht Heinr. Runge. Dann ließ
Heinrich sich die neue Stadtverfassung bringen, riß sie in
Stücke und ließ dieselben verbrennen.

Am 19. Januar 1314 legte der wieder eingesetzte Rath
dem König Erich und dem Fürsten Heinrich den Huldigungs-
Eid ab.

www.ingramcontent.com/pod-product-compliance
Lightning Source LLC
Chambersburg PA
CBHW030017030726
47499CB00008B/3027